CARMILLA

SHERIDAN LE FANU

CARMILLA

A Vampira de Karnstein

ns

São Paulo, 2022

Carmilla
Copyright © 2022 by Novo Século Ltda.

Editor: Luiz Vasconcelos
Assistência editorial: Lucas Luan Durães
Tradução: Barbara Menezes
Preparação: Cínthia Zagatto
Revisão: Flavia Cristina Araujo
Diagramação: Manu Dourado
Ilustrações: Ale Santos
Capa: Paula Monise

Texto de acordo com as normas do Novo Acordo Ortográfico da Língua Portuguesa (1990), em vigor desde 1o de janeiro de 2009.

Dados Internacionais de Catalogação na Publicação (cip)   Angélica Ilacqua CRB-8/7057

Le Fanu, Joseph Sheridan, 1814-1873
  Carmilla : a vampira de Karnstein / Joseph Sheridan Le Fanu ; tradução de Barbara Menezes. -- Barueri, SP : Novo Século Editora, 2022.

1. Ficção irlandesa 2. Ficção gótica 3. Terror I. Título II. Menezes, Barbara

20-4371   CDD Ir823

Índice para catálogo sistemático:
1. Ficção irlandesa Ir823

Alameda Araguaia, 2190 – Bloco A – 11º andar – Conjunto 1111
CEP 06455-000 – Alphaville Industrial, Barueri – SP – Brasil
Tel.: (11) 3699-7107 | Fax: (11) 3699-7323
www.gruponovoseculo.com.br | atendimento@gruponovoseculo.com.br

Sumário

Prólogo..................................... 7
I. Um susto inicial..................... 10
II. Uma visita........................... 19
III. Comparamos observações........ 32
IV. Os hábitos dela – Um passeio... 44
V. Uma semelhança fantástica........ 61
VI. Uma agonia muito estranha..... 69
VII. Queda............................... 78
VIII. Busca............................... 88
IX. O médico............................ 95
X. De luto 104
XI. A história 110
XII. Um pedido........................118
XIII. O lenhador.......................126
XIV. O encontro.......................136
XV. Julgamento e execução 145
XVI. Conclusão 152

PRÓLOGO

Em um papel anexo à narrativa a seguir, o doutor Hesselius escreveu um bilhete bastante elaborado, o qual ele complementa com uma referência ao seu ensaio sobre o estranho assunto que o manuscrito aborda.

Desse assunto misterioso, ele trata, no ensaio, com seu usual conhecimento e perspicácia e de forma notavelmente direta e resumida. Ele se tornará apenas um volume da série de trabalhos reunidos desse homem extraordinário.

Ao publicar o caso neste volume, simplesmente para interesse dos "laicos", eu não vou censurar a inteligente dama que o conta em nada; e, depois da devida consideração, determinei, portanto, abster-me de apresentar qualquer resumo do raciocínio do estudioso doutor, ou de citar seu relatório sobre um assunto que ele descreve como algo que "envolve, provavelmente, alguns dos mistérios mais profundos da nossa existência dupla e seus intermediários".

Fiquei ansioso, ao descobrir esse ensaio, para reabrir a correspondência iniciada pelo doutor Hesselius, tantos anos antes, com uma pessoa tão esperta quanto sua informante parece ter sido. Para meu profundo pesar, no entanto, descobri que ela havia morrido nesse intervalo.

Ela, provavelmente, teria conseguido acrescentar pouco à narrativa que conta nas páginas a seguir, com, até onde eu possa dizer, um detalhamento tão cuidadoso.

1
Um susto inicial

Na Estíria, nós, apesar de não sermos de forma alguma pessoas de pompa, moramos em um castelo, ou *schloss*[1]. Uma pequena renda, nesta parte do mundo, paga muitas coisas. Oitocentos ou novecentos por ano fazem maravilhas. Em nossa região natal, dificilmente nossa família teria se encaixado entre os ricos. Meu pai é inglês, e eu tenho um nome inglês, embora nunca tenha visto a Inglaterra. Mas aqui, neste lugar solitário e primitivo, onde tudo é tão fantasticamente barato, realmente não vejo como muito

---
1 Palavra alemã para "castelo".

mais dinheiro faria diferença, em termos materiais, no nosso conforto ou até mesmo nos nossos luxos.

Meu pai fazia parte do exército austríaco, e se aposentou com uma pensão e seu patrimônio, e adquiriu esta residência feudal e a pequena propriedade onde ela se localiza, uma barganha.

Nada poderia ser mais pitoresco ou solitário. Ela fica em uma pequena elevação em uma floresta. A estrada, muito velha e estreita, passa em frente à sua ponte levadiça, que nunca foi erguida durante meu tempo aqui, e ao seu fosso recheado de percas e navegado por muitos cisnes, com frotas de nenúfares brancos flutuando em sua superfície.

Acima de tudo isso, o castelo mostra sua fachada cheia de janelas, suas torres e sua capela gótica.

A floresta se abre em uma clareira irregular e muito pitoresca diante do seu portão, e, à direita, uma ponte gótica íngreme leva a estrada por cima de um riacho que serpenteia sob profundas sombras pela floresta. Eu disse que este é um lugar muito solitário. Julgue se o que eu disse é verdade. Olhando das portas do *hall* em direção à estrada, a floresta onde nosso castelo está se estende por 24 quilômetros à direita e dezenove à esquerda. A vila habitada mais próxima fica a cerca de onze quilômetros, ou sete das suas milhas inglesas, à esquerda. O castelo habitado mais próximo com alguma importância histórica é o do velho General Spielsdorf, a quase 32 quilômetros de distância à direita.

Eu disse "a vila *habitada* mais próxima" porque existe, apenas cerca de cinco quilômetros a oeste, ou seja, na direção

do castelo do General Spielsdorf, uma vila em ruínas, com sua igrejinha esquisita, agora sem telhado, em cuja nave estão os túmulos apodrecidos da orgulhosa família Karnstein, já extinta, que antes era dona de um castelo igualmente desolado que, dentro da floresta fechada, ergue-se sobre as ruínas silenciosas da pequena cidade.

A respeito da causa da deserção desse local impressionante e melancólico, há uma lenda que eu lhe contarei mais adiante.

Devo lhe dizer agora como é pequeno o grupo formado pelos habitantes do nosso castelo. Não incluo os empregados nem aqueles dependentes que ocupam aposentos nas construções anexas ao castelo. Ouça e imagine! Meu pai, que é o homem mais gentil do planeta, mas está envelhecendo, e eu, no momento da minha história, com apenas 19 anos. Oito se passaram desde então.

Eu e meu pai formamos nossa família no castelo. Minha mãe, uma dama estiriana, morreu quando eu era uma criança muito pequena, mas tive uma governanta de boa índole, que esteve comigo desde, quase posso dizer, minha tenra infância. Não consigo me lembrar de uma época em que seu rosto gordo e bondoso não seja uma imagem familiar na minha memória.

Era a Madame Perrodon, nativa de Berna, cujo cuidado e a personalidade bondosa me supriam em parte pela perda da minha mãe, de quem eu nem me lembro, tendo-a perdido tão cedo. Ela era a terceira pessoa do nosso pequeno grupo à mesa. Havia uma quarta, Mademoiselle De Lafontaine, uma

dama a quem chamam, eu acredito, de "preceptora". Ela falava francês e alemão; a Madame Perrodon, francês e um inglês ruim, ao que meu pai e eu acrescentávamos o inglês. Em parte para evitar que se tornasse uma língua perdida entre nós e em parte por motivos patriotas, nós o falávamos todo dia. A consequência era uma Babel, da qual as pessoas de fora costumavam rir e eu não farei qualquer tentativa de reprodução nesta narrativa. Além disso, havia duas ou três jovens damas, amigas minhas, com idades bem próximas à minha, que nos visitavam ocasionalmente, por períodos maiores ou menores; e eu às vezes retribuía essas visitas.

Esses eram nossos recursos sociais regulares; mas é claro que havia visitas inesperadas de "vizinhos" de apenas cerca de 25 ou 35 quilômetros de distância. Minha vida era, apesar disso, bastante solitária, posso lhe garantir.

Minhas governantas só tinham o tanto de controle sobre mim quanto seria de se imaginar que pessoas tão sábias teriam diante de uma menina muito mimada, cujo único pai lhe permitia fazer quase só o que quisesse em toda situação.

A primeira ocorrência na minha existência que provocou uma impressão terrível em minha mente, e que, na verdade, nunca foi dissipada, foi um dos primeiríssimos incidentes da minha vida que consigo lembrar. Algumas pessoas vão achá-lo tão insignificante que não deveria ser registrado aqui. Você verá, no entanto, ao longo do tempo, por que eu o menciono. O quarto das crianças, como era chamado, embora eu o tivesse todo para mim, era um grande aposento no andar de cima do castelo, com um telhado de carvalho íngreme. Eu não devia ter mais do que seis anos de idade quando, certa noite, acordei e, ao olhar ao redor ainda na cama, não vi a babá. Minha ama também não estava lá, e eu pensei estar sozinha. Não fiquei com medo, pois era uma daquelas crianças felizes que são cuidadosamente mantidas na ignorância quanto a histórias de fantasmas, contos de fadas e todos esses folclores que nos fazem cobrir a cabeça quando a porta range de repente, ou quando o tremular de uma vela quase se apagando faz a sombra de uma coluna da cama dançar na parede, perto dos nossos rostos. Senti-me irritada e insultada ao me achar, conforme minha percepção, negligenciada e comecei a choramingar, preparando-me para um potente surto de gritos; quando, para minha surpresa, vi um rosto solene, mas muito bonito, olhando para mim da lateral da cama. Era o de uma jovem mulher que estava ajoelhada, com as mãos sob a coberta. Olhei para ela com uma espécie de surpresa agradável e parei de choramingar. Ela me acariciou com as mãos, e se deitou ao meu lado na cama, e me puxou para ela, sorrindo; senti-me deliciosamente confortada no mesmo instante e adormeci de novo. Fui acordada por uma sensação como se duas agulhas juntas entrassem profundamente em meu peito e gritei. A dama recuou assustada, os olhos fixos em mim, e depois escorregou para o chão e, eu pensei, se escondeu debaixo da cama.

Pela primeira vez eu me senti assustada e berrei com toda a força. Babá, ama, governanta da casa, todas vieram correndo e,

ao ouvirem minha história, fizeram piada com ela, acalmando-me da melhor forma que podiam. Porém, apesar de ser criança, eu pude perceber que seus rostos estavam pálidos, com uma expressão incomum de ansiedade, e eu as vi olharem debaixo da cama e pelo quarto, espiarem sob mesas e abrirem armários; e a governanta da casa sussurrou para a ama:

– Coloque a mão naquela parte afundada da cama. Alguém se deitou *mesmo* lá, não há dúvidas. Aquele lugar ainda está quente.

Lembro-me da babá me fazendo carinho, e as três examinaram meu peito, onde eu lhes disse que senti ser furada, e declararam que não havia sinal visível de que tal coisa tivesse acontecido comigo.

A governanta e as duas outras empregadas que eram responsáveis pelo quarto das crianças permaneceram sentadas ali a noite toda; e, daquele momento em diante, uma empregada sempre ficava sentada no quarto, até eu ter cerca de 14 anos.

Fiquei muito nervosa por bastante tempo depois disso. Um médico foi chamado; ele era pálido e velho. Como eu me lembro bem do seu rosto longo e soturno, levemente marcado pela varíola, e da sua peruca castanho-avermelhada. Por um bom tempo, dia sim, dia não, ele vinha e me dava remédio, o que, é claro, eu detestava.

Na manhã depois de eu ver aquela aparição, estava em um estado de terror e não conseguia suportar ser deixada sozinha, embora fosse dia, nem por um instante.

Lembro-me de meu pai vir e ficar ao lado da cama conversando alegremente, e fazendo muitas perguntas à ama, e rindo com gosto de uma das respostas, e me dando tapinhas no ombro, e me beijando, e me dizendo para não ficar com medo, pois não era nada além de um sonho e não poderia me machucar.

Porém, não me senti consolada, pois sabia que a visita da mulher estranha *não era* um sonho; e eu estava *terrivelmente* amedrontada.

Tive pouco alívio quando a babá me garantiu que havia sido ela quem tinha vindo, e olhado para mim, e se deitado ao meu lado e que eu devia estar meio sonhando para não ter reconhecido o seu rosto. Mas isso, embora confirmado pela ama, não me satisfez muito.

Eu me lembro, durante aquele dia, de um homem velho e respeitável, usando uma batina preta, ter entrado no quarto com a ama e a governanta da casa e conversado um pouco com elas e muito gentilmente comigo; seu rosto era muito doce e brando, e ele me disse que iriam rezar e juntou minhas mãos e quis que eu dissesse, baixinho, enquanto eles oravam, "Senhor, ouça todas as boas preces por nós, em nome de Jesus". Acho que eram essas as palavras exatas, pois eu com frequência as repetia para mim mesma e minha ama teve o costume, durante anos, de me fazer dizê-las em todas as minhas orações.

Eu me lembro tão bem do rosto atencioso e doce daquele velho homem de cabelos brancos, com sua batina

preta, parado naquele quarto marrom, simples e de teto alto, com a mobília desajeitada e antiquada de 300 anos à sua volta e a luz fraca entrando na atmosfera sombreada pela pequena rótula. Ele se ajoelhou, e as três mulheres com ele, e rezou em voz alta com palavras trêmulas e sinceras pelo que me pareceu um longo tempo. Não me lembro de nada da minha vida antes desse evento, e um certo tempo após isso também é obscuro, mas as cenas que acabei de descrever se destacam tão vívidas quanto as imagens isoladas da fantasmagoria cercadas pela escuridão.

II
Uma visita

Agora vou lhe contar algo tão estranho que vai exigir toda a sua fé na minha honestidade para acreditar nessa história. Não é apenas verdade, no entanto, mas uma verdade da qual fui testemunha ocular.

Era um doce entardecer de verão e meu pai me pediu, como às vezes fazia, para dar uma pequena volta com ele ao longo daquela linda vista da floresta que eu mencionei se estender em frente ao castelo.

– O general Spielsdorf não poderá vir até nós tão cedo quanto eu esperava – disse meu pai, conforme caminhávamos.

Ele iria nos fazer uma visita de algumas semanas e esperávamos sua chegada para o dia seguinte. Traria uma jovem dama com ele, sua sobrinha e protegida, Mademoiselle Rheinfeldt, que eu nunca vira, mas que ouvira ser descrita como uma menina muito encantadora, e em cuja companhia eu havia me prometido muitos dias felizes. Fiquei mais decepcionada do que uma jovem que vive na cidade ou em um bairro agitado poderia sequer imaginar. Essa visita, e a nova companhia que ela prometia, havia povoado meus devaneios durante muitas semanas.

— E quando ele virá? — perguntei.

— Não antes do outono. Não por mais dois meses, ouso dizer — meu pai respondeu. — E estou muito feliz, agora, querida, por você nunca ter conhecido a Mademoiselle Rheinfeldt.

— E por quê? — questionei, tanto mortificada quanto curiosa.

— Porque a pobre jovem morreu — ele disse. — Esqueci que não tinha lhe contado, mas você não estava na sala quando recebi a carta do general no fim da tarde.

Eu fiquei muitíssimo chocada. O general Spielsdorf havia mencionado na sua primeira carta, seis ou sete semanas antes, que ela não estava tão bem quanto ele gostaria, mas não havia nada que sugerisse a mais remota suspeita de perigo.

— Aqui está a carta do general — ele falou, entregando-a para mim. — Temo que ele esteja muito aflito; a carta me parece ter sido escrita quase em um delírio.

Nós nos sentamos em um banco rústico, sob um grupo de magníficas tílias. O sol estava se pondo com todo seu esplendor

melancólico no horizonte da floresta, e o riacho que corre ao lado da nossa casa, e passa sob a velha e íngreme ponte que eu mencionei, serpenteava em meio a vários grupos de árvores imponentes, quase aos nossos pés, refletindo na sua corrente o carmim do céu que desbotava. A carta do general Spielsdorf era tão extraordinária, tão fervorosa e, em alguns pontos, tão contraditória, que eu a li duas vezes – na segunda, em voz alta para o meu pai – e ainda não conseguia explicá-la, a não ser por supor que a tristeza tivesse perturbado a mente dele.

Ela dizia: "Eu perdi minha adorada filha, pois era assim que eu a amava. Durante os últimos dias da doença da querida Bertha, não pude escrever para você.

"Antes disso, eu não fazia ideia de que ela estava em perigo. Eu a perdi e agora sei de *tudo*, tarde demais. Ela morreu na paz da inocência e na gloriosa esperança de um futuro abençoado. O espírito maligno que traiu nossa hospitalidade cega fez tudo isso. Eu pensei estar recebendo em minha casa a inocência, a alegria, uma encantadora companhia para minha falecida Bertha. Céus! Como fui tolo!

"Agradeço a Deus por minha menina ter morrido sem nem suspeitar a causa do seu sofrimento. Ela se foi sem sequer supor a natureza da sua doença e o fervor maldito do agente de toda esta infelicidade. Dedicarei o resto dos meus dias a encontrar e extinguir um monstro. Dizem que posso esperar alcançar este meu propósito honrado e misericordioso. No momento, mal existe um facho de luz para me guiar. Eu amaldiçoo minha credulidade orgulhosa, minha desprezível

presunção de superioridade, minha cegueira, minha obstinação – tudo – tarde demais. Não consigo escrever ou conversar com sensatez agora. Estou confuso. Assim que tiver me recuperado um pouco, pretendo me dedicar por um tempo a investigar, o que pode me levar longe, até Viena. Em algum momento do outono, daqui a dois meses, ou mais cedo se eu estiver vivo, irei vê-lo… Isso, é claro, se você me permitir; então lhe contarei tudo que eu mal ouso colocar no papel agora. Adeus. Reze por mim, querido amigo."

Nesses termos terminava aquela estranha carta. Embora eu nunca tivesse visto Bertha Rheinfeldt, meus olhos se encheram de lágrimas com a notícia repentina; eu estava assustada, assim como profundamente decepcionada.

O sol agora havia se posto e já estávamos no lusco-fusco quando devolvi a carta do general para meu pai.

Era uma noite suave e sem nuvens, e nós andamos devagar, especulando os possíveis significados das frases violentas e incoerentes que eu estivera lendo um pouco antes. Tínhamos quase 1,5 quilômetro para andar antes de chegarmos à estrada que passa na frente do castelo e, quando a alcançamos, a lua brilhava forte. Na ponte levadiça, encontramos Madame Perrodon e Mademoiselle De Lafontaine, que haviam saído sem seus gorros para aproveitar o maravilhoso luar.

Ouvimos as vozes delas conversando em um diálogo animado conforme nos aproximávamos. Nós nos juntamos a elas na ponte levadiça e nos viramos para admirar em conjunto a bela cena.

A clareira pela qual tínhamos acabado de andar se estendia à nossa frente. À nossa esquerda, a estrada estreita seguia serpenteando sob aglomerados de árvores majestosas e se perdia de vista conforme a floresta ficava mais densa. À direita, a mesma estrada cruzava a íngreme e pitoresca ponte, perto da qual se erguia uma torre em ruínas, que antes protegia aquela passagem; e, para além da ponte, uma terra alta subia abruptamente, coberta de árvores e mostrando nas sombras algumas pedras cinza cheias de hera.

Sobre a relva e os campos baixos, um filme fino de névoa se esgueirava como fumaça, marcando a distância com um véu transparente; e aqui e ali podíamos ver o rio brilhando suavemente sob o luar.

Nenhuma cena mais delicada e doce poderia ser imaginada. A notícia que eu acabara de ouvir a tornava melancólica; mas nada poderia perturbar seu caráter de profunda serenidade e a encantada glória e a imprecisão da imagem.

Meu pai, que gostava do que é pitoresco, e eu ficamos olhando em silêncio para a expansão de terra abaixo de nós. As duas boas governantas, paradas um pouco atrás, discursavam sobre a cena e falavam da lua com emoção.

Madame Perrodon era gorda, de meia-idade e romântica, e falava e suspirava de um jeito poético. Mademoiselle De Lafontaine – que, por conta do pai alemão, considerava-se psicológica, metafísica e algo mística – declarava que, quando a lua brilhava com tanta intensidade, era bem sabido que indicava uma atividade espiritual especial. Os efeitos da lua cheia em tal estado de brilho total eram diversos. Ela atuava nos sonhos, atuava na loucura, atuava nas pessoas nervosas; tinha influências físicas fantásticas conectadas com a vida. Mademoiselle contou que seu primo, que era imediato em um navio mercante, ao ter cochilado no convés em uma noite como aquela, deitado de costas com o rosto complemente sob a luz da lua, acordara, depois de um sonho com uma velha mulher puxando sua bochecha sob as unhas, com o rosto horrivelmente retesado para um dos lados; e sua aparência nunca havia recuperado o equilíbrio por inteiro.

— A lua, esta noite — ela disse —, está cheia de influência idílica e magnética... E, vejam, quando vocês olham para trás na direção da fachada do castelo, como todas as janelas brilham e cintilam com aquele esplendor prateado, como se mãos invisíveis tivessem iluminado os aposentos para receber a visita de fadas.

Existem estados de espírito preguiçosos em que, indispostos para falarmos nós mesmos, a conversa dos outros é agradável para nossos ouvidos desatentos; e eu continuei olhando, satisfeita com o tilintar da conversa das damas.

— Estou em um dos meus momentos de tristeza hoje — falou meu pai depois de um silêncio.

E, citando Shakespeare, que para manter nosso inglês ele costumava ler em voz alta, disse:

> *"Na verdade, não sei por que estou tão triste.*
> *Isso me cansa: você diz que o cansa também;*
> *Mas como contraí isso... cheguei a isso."*

— Esqueci o resto. Mas sinto como se um grande infortúnio pairasse sobre nós. Imagino que a carta aflita do pobre general tenha algo a ver com isso.

Naquele momento, o barulho inesperado de rodas de carruagem e muitos cascos na estrada roubou nossa atenção.

Eles pareciam estar se aproximando, vindo do campo alto com vista da ponte, e logo o grupo emergiu daquele local. Dois cavaleiros cruzaram a ponte primeiro, e depois veio uma carruagem puxada por quatro cavalos, e dois homens seguiam atrás dela.

Parecia ser uma carruagem para viagens de uma pessoa de alta classe, e todos nós ficamos imediatamente absortos em observar aquele espetáculo muito incomum. Ele se tornou, depois de alguns instantes, muitíssimo mais interessante, pois, assim que a carruagem passou o ponto mais alto da ponte íngreme, um dos cavalos que a puxavam, ao ficar com medo, comunicou seu pânico para os outros; e, após uma ou duas investidas, os quatro dispararam juntos em um galope louco e, passando em disparada entre os dois cavaleiros que seguiam na frente, vieram como trovões pela estrada na nossa direção, com a velocidade de um furacão.

A agitação da cena ficou mais dolorosa por conta dos gritos claros e longos de uma voz feminina pela janela da carruagem.

Todos nós avançamos, curiosos e horrorizados; eu em silêncio, o resto com várias exclamações de terror.

Nosso suspense não durou muito tempo. Logo antes de se chegar à ponte levadiça do castelo, no caminho por onde eles vinham, existe à beira da estrada uma tília magnífica e, do outro lado, uma antiga cruz de pedra; e, ao vê-la, os cavalos, então seguindo em uma velocidade que era perfeitamente assustadora, viraram repentinamente de forma que a roda passou por cima das raízes da árvore, projetadas para fora.

Eu sabia o que iria acontecer. Cobri os olhos, incapaz de olhar aquilo, e virei o rosto; no mesmo momento, ouvi o grito das governantas, que tinham seguido um pouco mais.

A curiosidade abriu meus olhos e eu vi uma cena de pura confusão. Dois dos cavalos estavam no chão, a carruagem estava caída de lado com duas rodas no ar; os homens estavam ocupados removendo os tirantes, e uma mulher de postura altiva havia saído e estava parada, as mãos juntas, levando o lenço que segurava para os olhos de vez em quando.

Pela porta da carruagem agora era erguida uma jovem dama, que parecia sem vida. Meu querido e velho pai já estava ao lado da dama mais velha, com o chapéu na mão, evidentemente oferecendo sua ajuda e os recursos do castelo. A dama não parecia ouvi-lo, ou ter olhos para qualquer coisa além da menina esbelta que estava sendo colocada contra o declive da margem da estrada.

Eu me aproximei; a jovem dama estava aparentemente atordoada, mas com certeza não estava morta. Meu pai, que

se vangloriava de ser um pouco médico, havia acabado de colocar os dedos no punho dela e garantido para a dama, que se declarou mãe da menina, que sua pulsação, apesar de fraca e irregular, ainda estava sem dúvida perceptível. A dama juntou as mãos e olhou para cima, como em um arrebatamento momentâneo de gratidão; mas imediatamente se desesperou de novo naquela forma teatral que é, eu acredito, natural para algumas pessoas.

Ela era o que se chama de uma mulher bem-apessoada para sua idade, e devia ter sido bonita; era alta, mas não magra, e vestia veludo preto, e parecia bastante pálida, mas com uma postura orgulhosa e imponente, embora estranhamente agitada naquele momento.

— Quem pode ter um destino de calamidades como o meu? — Eu a ouvi dizer, as mãos unidas, quando me aproximei. — Aqui estou eu, em uma jornada de vida ou morte, durante a qual perder uma hora é possivelmente perder tudo. Minha menina não vai ter se recuperado o bastante para retomar o caminho por quem sabe quanto tempo. Eu preciso deixá-la. Não posso, não ouso, me atrasar. A que distância, senhor, pode me dizer, está a próxima vila? Devo deixá-la ali. E não verei minha querida, nem mesmo terei notícias dela, até minha volta, daqui a três meses.

Eu puxei meu pai pelo casaco e sussurrei determinada em seu ouvido:

— Ah! Papai, por favor, peça para ela deixar a filha ficar conosco... Vai ser tão divertido. Por favor.

— Se madame confiar sua menina aos cuidados da minha filha e da sua boa governanta, Madame Perrodon, e permitir que ela fique como nossa convidada, sob minha responsabilidade, até seu retorno, será uma honra e um dever para nós, e nós a trataremos com todo o carinho e devoção que uma confiança tão sagrada merece.

— Não posso fazer isso, senhor. Seria impor uma tarefa cruel demais para sua gentileza e seu cavalheirismo — disse a dama, desatenta.

— Seria, pelo contrário, conferir a nós uma grandíssima gentileza no momento em que mais precisamos. Minha filha acabou de ser desapontada por um cruel infortúnio, em uma visita da qual ela vinha esperando, havia muito tempo, uma grande felicidade. Se confiar essa jovem dama aos nossos cuidados, será o melhor consolo para ela. A vila mais próxima no seu caminho é distante e não oferece uma hospedaria na qual pensaria em colocar sua filha. A madame não pode permitir que ela continue a viagem por qualquer distância considerável sem riscos. Se, como diz, não pode suspender sua jornada, você deve se separar dela esta noite e em nenhum lugar poderia fazer isso com garantias mais sinceras de cuidado e afeição do que aqui.

Havia algo no ar e na aparência daquela dama, tão distinto e até mesmo grandioso, e algo em seu jeito, tão envolvente, que impressionava as pessoas — sem qualquer influência da dignidade da sua carruagem — com a convicção de que ela era uma pessoa importante.

Àquela altura, a carruagem fora colocada de volta à sua posição normal e os cavalos, bastante dóceis, de volta aos tirantes.

A dama lançou para a filha um olhar que eu imaginei não ser tão afetuoso quanto seria de se esperar para quem testemunhara o começo da cena; depois, ela fez um breve aceno para o meu pai e se afastou por dois ou três passos com ele, para não serem ouvidos; e conversou com ele com uma expressão fixa e severa, em nada parecida com a que ela tivera até então.

Fui coberta de espanto por meu pai não parecer ter percebido a mudança e também fiquei indescritivelmente curiosa para saber do que ela poderia estar falando, quase ao pé do ouvido dele, com tanta intensidade e rapidez.

Dois ou três minutos, no máximo, eu acredito que ela tenha ficado nessa tarefa, depois se virou e alguns passos a levaram até onde a filha estava deitada, apoiada em Madame Perrodon. Ela se ajoelhou ao lado da jovem por um instante e sussurrou, pelo que supôs a madame, uma breve bênção ao ouvido dela; depois, beijando-a depressa, ela entrou na carruagem, a porta foi fechada, os lacaios com librés imponentes pularam para a parte de trás, as sentinelas bateram as esporas nos cavalos, os postilhões sacudiram os chicotes, e os cavalos avançaram e começaram de repente um trote furioso, que ameaçava logo se tornar de novo um galope. E a carruagem se afastou, seguida no mesmo ritmo rápido pelos dois cavaleiros de trás.

III
Comparamos observações

Seguimos a comitiva com os olhos até ela rapidamente ser perdida de vista na floresta enevoada; e o próprio som dos cascos e das rodas foi sumindo no ar silencioso da noite.

Nada restou para nos confirmar que a aventura não havia sido uma ilusão de um instante a não ser a jovem dama, que naquele mesmo momento abriu os olhos. Eu não podia ver, pois sua face estava virada para o outro lado, mas ela levantou o rosto, evidentemente olhando ao seu redor, e eu ouvi uma voz muito doce perguntar, como se reclamasse:

— Cadê a mamãe?

Nossa boa Madame Perrodon respondeu com ternura e acrescentou algumas garantias reconfortantes.

Eu, então, a ouvi perguntar:

– Onde eu estou? Que lugar é este?

E, depois disso, ela disse:

– Não estou vendo a carruagem. E a Matska, onde ela está?

Madame respondeu a todas as perguntas dela até onde as entendia; e, gradualmente, a jovem dama lembrou como o incidente acontecera e ficou feliz em saber que ninguém que estivera dentro ou cuidando da carruagem se ferira; e, ao saber que a mamãe a deixara ali até voltar em cerca de três meses, ela chorou.

Eu ia acrescentar meus consolos aos da Madame Perrodon quando Mademoiselle De Lafontaine colocou a mão em meu braço, dizendo:

– Não se aproxime, um de cada vez é o máximo com quem ela pode conversar no momento. Uma agitação qualquer provavelmente a faria desmoronar agora.

"Assim que ela estiver confortavelmente na cama", eu pensei, "vou subir correndo até o quarto dela e vê-la".

Meu pai, enquanto isso, havia enviado um empregado a cavalo para buscar o médico, que morava a cerca de onze quilômetros de distância; e um quarto estava sendo preparado para receber a jovem dama.

A desconhecida então se levantou e, apoiando-se no braço da madame, caminhou devagar por cima da ponte levadiça e entrou pelo portão do castelo.

No *hall*, empregados esperavam para recebê-la, e ela foi conduzida no mesmo instante para o seu quarto.

A sala de estar onde geralmente nos sentávamos é longa e tem quatro janelas com vista para o fosso, e a ponte levadiça, e a cena da floresta que acabei de descrever.

Ela é mobiliada com carvalho antigo entalhado, com grandes gabinetes entalhados, e as cadeiras são forradas com veludo de Utrecht cor de carmim. As paredes são cobertas por tapeçarias e cercadas por grandes molduras douradas, as figuras são grandes como em tamanho real, com trajes antigos e muito curiosos, e os temas representados são caçadas e falcoaria, no geral, alegres. Não é tão imponente e, portanto, é extremamente confortável; e ali tomávamos nosso chá, pois, com suas costumeiras inclinações patrióticas, meu pai insistia que a bebida nacional aparecesse regularmente ao lado do nosso café e chocolate.

Nós nos sentamos lá naquela noite e, com as velas acesas, estávamos conversando sobre a aventura recente.

Madame Perrodon e Mademoiselle De Lafontaine estavam conosco. A jovem desconhecida mal tinha deitado a cabeça na cama quando afundara em um sono profundo; e aquelas senhoras a haviam deixado sob os cuidados de uma empregada.

– O que achou da nossa hóspede? – perguntei assim que a madame entrou. – Fale sobre ela.

– Gostei muito dela – respondeu a madame –, quase acho que seja a criatura mais bonita que já vi na vida. Mais ou menos da sua idade e tão meiga e gentil.

— Ela é extremamente bonita — comentou a mademoiselle, que havia espiado rapidamente dentro do quarto da desconhecida.

— E uma voz tão doce! — acrescentou Madame Perrodon.

— Vocês notaram uma mulher na carruagem, depois de ela ser levantada, que não saiu — indagou a mademoiselle —, mas apenas olhou pela janela?

— Não, nós não vimos.

Ela então descreveu uma horrorosa mulher negra, com uma espécie de turbante colorido na cabeça, que estava espiando o tempo todo de dentro da carruagem, assentindo com a cabeça e sorrindo com escárnio na direção das damas, com o olhar cintilante e grandes olhos brancos, e seus dentes estavam apertados como se estivesse em fúria.

— Vocês repararam que grupo horrível de homens eram aqueles empregados? — perguntou a madame.

— Sim — disse meu pai, que acabara de entrar —, os tipos mais feios e desprezíveis que já vi na vida. Espero que não roubem a pobre dama na floresta. Mas são velhacos espertos, arrumaram tudo em um minuto.

— Talvez estejam desgastados pela longa viagem — disse a madame. — Além de parecerem maus, seus rostos eram tão estranhamente magros, e sombrios, e mal-humorados. Admito que estou muito curiosa. Mas arrisco dizer que a jovem dama contará tudo para vocês amanhã, se recuperar o suficiente.

— Não acho que ela fará isso — disse meu pai, com um sorriso misterioso e um pequeno aceno de cabeça, já que sabia mais sobre o assunto do que queria nos contar.

Isso nos deixou ainda mais curiosas quanto ao que havia acontecido entre ele e a dama de veludo preto, na breve porém intensa conversa que ocorrera logo antes da partida dela.

Tínhamos acabado de ficar sozinhos quando eu lhe pedi que me contasse. Ele não precisou de muita insistência.

— Não há nenhum motivo em especial para eu não contar a você. Ela mostrou uma relutância em nos incomodar com a filha, dizendo que ela tem uma saúde delicada e é nervosa, mas não sujeita a nenhum tipo de ataque (ela acrescentou voluntariamente), nem a ilusões. É, na verdade, perfeitamente sã.

— Que estranho dizer isso! — eu interrompi. — Foi tão desnecessário.

— De qualquer forma, *foi* dito — ele riu —, e, como você quer saber tudo o que aconteceu, que na verdade foi muito pouco, eu conto. Ela então disse "estou fazendo uma viagem longa de importância *vital*...", ela enfatizou a palavra, "rápida e secreta. Devo voltar para buscar minha filha em três meses. Nesse meio-tempo, ela ficará em silêncio sobre quem nós somos, de onde viemos e para onde estamos viajando". Isso foi tudo o que ela disse. Ela falou em um francês muito puro. Quando disse a palavra "secreta", fez uma pausa de alguns segundos com uma expressão severa, os olhos fixos nos meus. Imagino que tenha feito de propósito. Você viu como ela foi embora depressa. Espero não ter feito algo muito tolo em assumir a responsabilidade pela jovem dama.

De minha parte, eu estava exultante. Ansiava por vê-la e falar com ela; esperava apenas o médico me dar permissão. Vocês que moram em cidades não podem fazer ideia de como a chegada de uma nova amiga é um evento importantíssimo em meio a tanta solidão como a que nos cercava.

O médico não chegou até quase uma hora da manhã; mas, para mim, ir para a cama e dormir seria tão difícil quanto alcançar, a pé, a carruagem em que a princesa vestida de veludo preto havia partido.

Quando o doutor desceu para a sala de estar, foi para dar notícias muito favoráveis sobre sua paciente. Ela estava sentada, a pulsação estava muito regular, parecia perfeitamente bem. Ela não havia sofrido ferimentos e o pequeno choque nos nervos havia passado sem qualquer dano. Com certeza não havia problema em eu vê-la, se nós duas quiséssemos; e, com essa permissão, mandei alguém no mesmo instante para saber se ela me permitiria visitá-la por alguns minutos em seu quarto.

O empregado retornou imediatamente para dizer que ela desejava a visita mais do que qualquer coisa.

Tenha certeza de que eu não demorei para aproveitar essa permissão.

Nossa hóspede estava em um dos quartos mais bonitos do castelo. Ele era, talvez, um pouco pomposo. Havia uma tapeçaria escura na parede em frente ao pé da cama, representando Cleópatra com as víboras em seu seio; e outras cenas clássicas e solenes eram exibidas, um pouco desbotadas, nas outras paredes. Mas havia entalhes em ouro e cores vivas e variadas o bastante em outras decorações do quarto, para mais do que redimir a melancolia da velha tapeçaria.

Havia velas ao lado da cama. A jovem estava sentada; seu corpo esbelto e bonito envolto na camisola de seda macia, bordada com flores, e cercado por uma colcha de seda grossa, que a mãe havia jogado aos pés dela enquanto estivera deitada no chão.

O que foi que, quando cheguei ao lado da cama e tinha acabado de começar minha breve saudação, deixou-me pasma por um momento e me fez recuar um passo ou dois diante dela? Vou contar.

Eu vi o exato rosto que havia me visitado à noite na infância, que continuava fixo na minha memória e sobre o qual eu havia, por muitos anos, ponderado frequentemente com horror quando ninguém suspeitava do conteúdo de meu pensamento.

Era bonito, até bastante belo; quando eu o vira pela primeira vez, estava com a mesma expressão melancólica.

Mas ela, quase no mesmo instante, se abriu em um sorriso fixo de reconhecimento.

Houve silêncio por um minuto inteiro e, depois de um tempo, ela falou; eu não conseguia.

— Que maravilha! — ela exclamou. — Há doze anos, vi seu rosto em um sonho, e ele me perseguiu desde então.

— Realmente maravilhoso! — eu repeti, superando com esforço o horror que havia por um tempo suspendido minha fala. – Doze anos atrás, em uma visão ou na realidade, eu com certeza a vi. Não pude esquecer seu rosto. Ele permaneceu diante dos meus olhos desde então.

O sorriso dela havia ficado mais suave. O que quer que eu tivesse achado estranho nele sumira, e ele e as bochechas com covinhas agora eram adoravelmente lindos e inteligentes.

Senti-me tranquilizada e continuei no caminho que a hospitalidade indicava: dar as boas-vindas a ela e dizer-lhe quanto prazer sua chegada acidental havia trazido a todos nós e, em especial, quanta alegria me dera.

Peguei a mão dela enquanto falava. Eu era um pouco tímida, como pessoas solitárias são, mas a situação me deixou eloquente e até ousada. Ela apertou minha mão, colocou a sua sobre a minha, e seus olhos brilharam quando, olhando rapidamente nos meus, ela sorriu de novo e corou.

Ela respondeu às minhas boas-vindas com elegância. Sentei-me ao seu lado, ainda pensativa, e ela disse:

– Preciso contar a visão que tive com você. É tão estranho eu e você termos tido um sonho tão vívido uma com a outra, que cada uma tenha visto, eu a vi e você me viu, com a aparência que temos agora, quando é claro que éramos apenas crianças. Eu era pequena, tinha cerca de 6 anos, e acordei de um sonho confuso e perturbador, e me vi em um quarto diferente do meu, com uma decoração desajeitada de madeira escura e com armários, e camas, e cadeiras, e bancos por ele todo. As camas estavam, eu achei, todas vazias, e o quarto em si não tinha ninguém além de mim. E, depois de olhar ao redor por algum tempo e admirar em especial um castiçal de ferro com dois braços, que eu com certeza reconheceria agora, me arrastei sob uma cama para alcançar a janela. Mas, quando saí de baixo da cama, ouvi alguém chorar e, ao olhar para cima, quando ainda estava ajoelhada, eu a vi... Quase posso garantir que era você... Como a estou vendo agora. Uma bela e jovem dama, com cabelos dourados, e grandes olhos azuis, e lábios... seus lábios... Você como está agora.

"Sua aparência me conquistou. Eu subi na cama, coloquei os braços em volta de você e acho que nós duas adormecemos. Fui acordada por um grito. Você estava sentada e gritando. Fiquei com medo, e deslizei para o chão, e pareceu que perdi a consciência por um instante. E, quando dei por mim, estava de novo no meu quarto em casa. Seu rosto, eu nunca esqueci desde então. Eu não poderia ser enganada por uma mera semelhança. *Você é* a moça que eu vi naquela noite."

Era então minha vez de relatar minha visão correspondente, o que eu fiz, para a clara surpresa da minha nova conhecida.

– Não sei qual de nós deveria ter mais medo da outra – ela disse, sorrindo de novo. – Se você fosse menos bonita, acho que eu teria muito medo de você, mas, sendo como você é e tão jovem como eu, apenas sinto que a conheci doze anos atrás e já tenho direito a ser íntima de você. De toda forma, parece que estávamos destinadas, desde a tenra infância, a sermos amigas. Eu me pergunto se você se sente tão estranhamente atraída na minha direção quanto eu me sinto na sua. Eu nunca tive uma amiga... Será que vou encontrar uma agora?

Ela suspirou e seus lindos olhos escuros olharam apaixonadamente para mim.

Agora, a verdade é que eu tinha sentimentos bastante difíceis de explicar em relação à bela desconhecida. Realmente me sentia, como ela dissera, "atraída na sua direção", mas também havia uma certa repulsa. Nessa sensação ambígua, no entanto, a atração prevalecia imensamente. Ela me interessava e me conquistara; era tão bonita e indescritivelmente envolvente.

Percebi então uma certa languidez e exaustão começando a tomá-la e me apressei para me despedir.

– O médico acha – eu acrescentei – que uma empregada deve ficar para observá-la esta noite. Uma das nossas está esperando e você verá que ela é muito solícita e quieta.

– Que gentileza a sua, mas eu não conseguiria dormir; nunca consigo quando tem um acompanhante no quarto. Não vou precisar de nenhuma ajuda... e, devo confessar minha fraqueza, sou perseguida por um terror de ladrões. Nossa casa foi roubada uma vez e dois empregados foram mortos, então sempre tranco minha porta. Virou um hábito... E você parece tão gentil que sei que vai me perdoar. Vejo que há uma chave na porta.

Ela me abraçou entre seus lindos braços por um instante e sussurrou no meu ouvido:

— Boa noite, querida, é muito difícil, para mim, me separar de você, mas boa noite. Amanhã, mas não cedo, eu a verei de novo.

Ela voltou a afundar no travesseiro com um suspiro, e seus lindos olhos me seguiram com uma expressão terna e melancólica, e ela murmurou de novo:

— Boa noite, querida amiga.

Os jovens se afeiçoam, e até amam, por impulso. Fiquei lisonjeada pela ternura evidente, embora ainda não merecida, que ela mostrava por mim. Gostava da confiança com a qual ela me recebera desde o início. Ela estava determinada que fôssemos amigas muito próximas.

O dia seguinte chegou e nos encontramos de novo. Eu estava encantada com minha companheira; quero dizer, em muitos aspectos.

A beleza dela não diminuiu nem um pouco à luz do dia; ela com certeza era a criatura mais bonita que eu já vira, e a lembrança desagradável do rosto apresentado no meu sonho de infância havia perdido o efeito do primeiro reconhecimento inesperado.

Ela confessou ter passado por um choque parecido quando me viu e ter sentido exatamente a mesma leve antipatia que havia se misturado com minha admiração por ela. Agora dávamos risada juntas dos nossos horrores momentâneos.

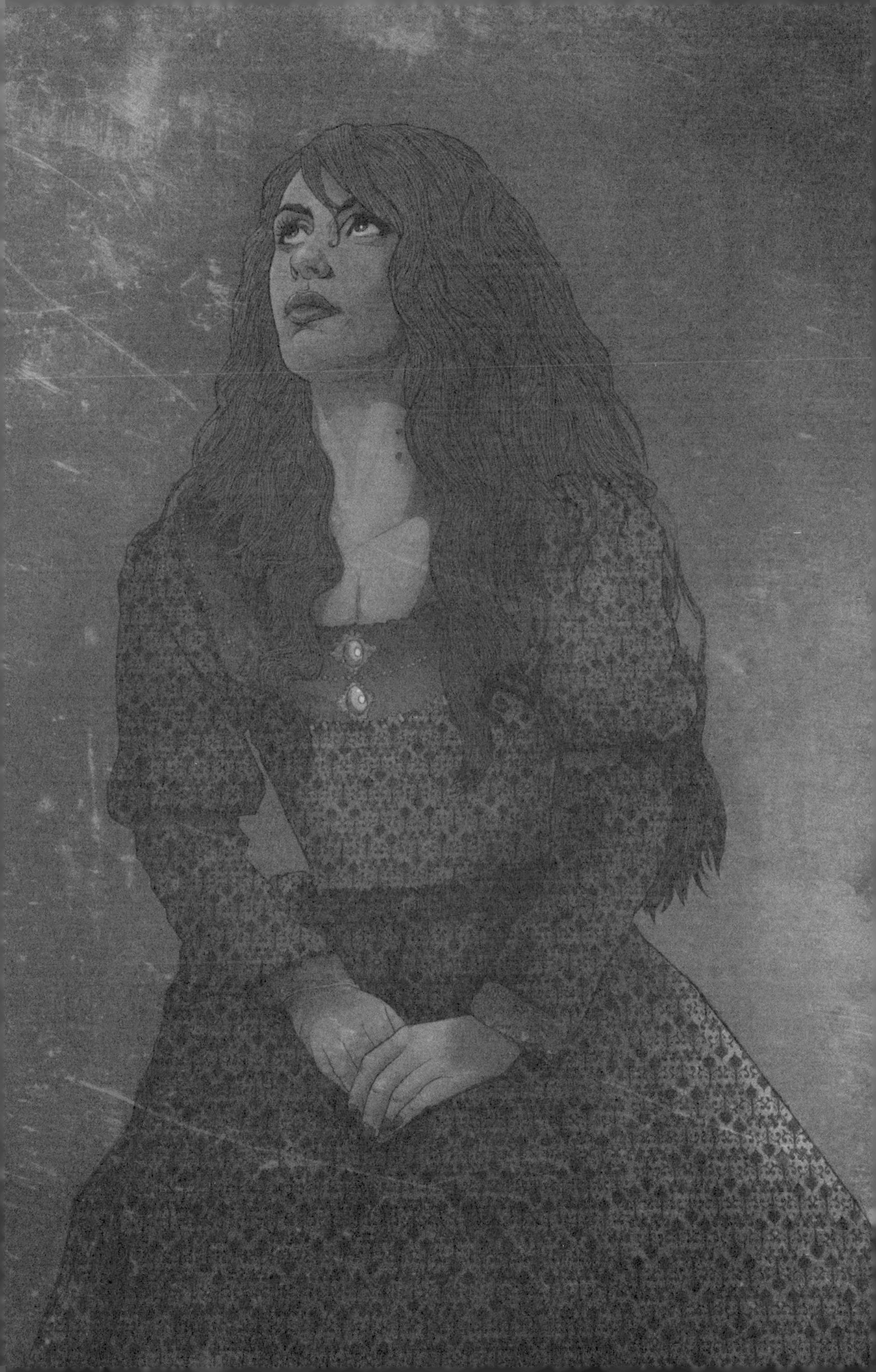

IV
Os hábitos dela
– Um passeio

Eu lhe disse que estava encantada com ela na maioria dos detalhes.
Havia alguns que não me agradavam tanto.
 Ela estava acima da altura média das mulheres. Vou começar descrevendo-a.
 Ela era esbelta e maravilhosamente graciosa. Exceto por seus movimentos serem lânguidos – muito lânguidos –, na verdade não havia nada em sua aparência que indicasse invalidez. Sua pele era brilhante e de uma cor bonita; seu traços eram delicados e belamente feitos; seus olhos eram grandes,

escuros e resplandecentes; seu cabelo era maravilhoso – eu nunca vi um cabelo tão magnificamente cheio e longo como quando estava solto em volta dos seus ombros; eu costumava colocar as mãos por baixo dele e ria de espanto com o peso. Era fantasticamente fino e macio, e a cor era um castanho-escuro muito vivo, com algo de dourado. Eu adorava deixá-lo cair, tombando sob seu próprio peso, quando, em seu quarto, ela se recostava na cadeira falando com a voz doce e baixa. Eu costumava torcê-lo, e trançá-lo, e espalhá-lo, e brincar com ele. Céus! Se eu tivesse sabido de tudo!

Eu disse que havia detalhes que não me agradavam. Eu lhe contei que a confiança dela me conquistou na primeira noite em que a vi; mas descobri que ela mantinha, a respeito de si, da mãe, de sua história, na verdade de tudo ligado à sua vida, planos e conhecidos, uma reserva sempre alerta. Ouso dizer que não fui razoável, talvez eu estivesse errada; ouso dizer que devia ter respeitado a recomendação solene dada ao meu pai pela impressionante dama de veludo preto. Mas a curiosidade é uma emoção inquieta e inescrupulosa, e nenhuma menina consegue suportar, com paciência, que a dela seja frustrada por outra garota. Que mal poderia causar para alguém me contar o que eu desejava tão ardentemente saber? Ela não tinha confiança no meu bom senso ou na minha honra? Por que não acreditaria em mim quando eu garantia a ela, com tanta solenidade, que eu não divulgaria nem uma sílaba que ela me falasse para nenhum mortal vivo?

Havia uma frieza que me parecia com a de alguém mais velho na sua recusa persistente, sorridente e melancólica de me dar o menor raio de luz.

Não posso dizer que brigamos por conta disso, pois ela não brigava por nada. É claro que era muito injusto da minha parte pressioná-la, muita falta de educação, mas eu não conseguia mesmo evitar; e seria melhor eu não ter mexido no assunto.

As coisas que ela me contou somam um total, na minha estimativa exagerada, de zero.

Tudo se resumia a três revelações muito vagas:

Primeira: o nome dela era Carmilla.

Segunda: sua família era muito antiga e nobre.

Terceira: sua casa ficava a oeste.

Ela não me contava o nome da família nem seu brasão de armas, nem o nome da sua propriedade, nem mesmo a região onde moravam.

Não pense que eu a incomodava sem parar com esses assuntos. Eu prestava atenção nas oportunidades e mais insinuava do que pressionava meus questionamentos. Uma ou duas vezes, realmente, eu a ataquei mais diretamente. Mas, não importavam minhas táticas, o fracasso completo era o resultado todas as vezes. Reprimendas e carinhos não surtiam efeito com ela. Mas preciso acrescentar que sua evasão era feita com uma melancolia e desaprovação tão bonitas, com muitas e até emotivas declarações do quanto ela gostava de mim e confiava na minha honra, e com tantas promessas de que eu no fim saberia de tudo, que eu não conseguia encontrar forças por muito tempo para me sentir ofendida por ela.

Ela costumava colocar os lindos braços em volta do meu pescoço, puxar-me para si e, encostando a bochecha na minha, murmurar com os lábios perto do meu ouvido:

– Querida, seu coraçãozinho está ferido. Não ache que sou cruel por obedecer ao comando irresistível da minha força e da minha fraqueza. Se o seu querido coração está ferido, meu coração selvagem sangrará com o seu. No arrebatamento da minha enorme humilhação, eu vivo na sua vida confortável, e você morrerá... morrerá, meu bem, morrerá... dentro da minha. Não posso evitar. Conforme eu me aproximo de você, você, por sua vez, vai se aproximar de outros e descobrir o arrebatamento dessa crueldade, que ainda assim é amor. Então, por um tempo, não procure saber mais nada sobre mim e sobre os meus, mas confie em mim com todo o seu amoroso espírito.

E, quando terminava de falar essa rapsódia, ela me apertava mais no seu abraço trêmulo, e seus lábios iluminavam gentilmente minhas bochechas com beijos suaves.

As agitações e a linguagem dela eram ininteligíveis para mim.

Desses abraços bobos, que não eram uma ocorrência muito frequente, devo confessar que eu costumava querer me libertar; mas minhas energias pareciam me abandonar. As palavras murmuradas por ela eram como uma canção de ninar no meu ouvido e acalmavam minha resistência, transformando-a em um transe, do qual eu só parecia me recuperar quando ela tirava os braços de mim.

Durante esses humores misteriosos, eu não gostava dela. Eu sentia uma animação estranha e tumultuosa, que era agradável de vez em quando, misturada com uma sensação vaga de medo e aversão. Eu não tinha pensamentos compreensíveis sobre ela enquanto essas cenas aconteciam, mas estava consciente de um amor que crescia para a adoração e também de uma repugnância. Sei que isso é um paradoxo, mas não consigo fazer nenhuma outra tentativa de explicar a sensação.

Eu agora escrevo, depois de um intervalo de mais de dez anos, com a mão trêmula, com uma lembrança confusa e horrível de certos acontecimentos e situações, da provação pela qual eu estava passando sem saber; mas com uma memória vívida e muito clara do principal acontecimento da minha história.

Porém, eu imagino, em todas as vidas há certas cenas emotivas, aquelas em que nossas paixões são incitadas da forma mais descontrolada e terrível, e que são, entre todas, as mais vagamente lembradas.

Às vezes, depois de uma hora de apatia, minha estranha e bela companheira pegava minha mão e a segurava com uma pressão carinhosa, renovada de novo e de novo; corando um pouco, olhando para o meu rosto com olhos lânguidos e ardentes e respirando tão depressa que seu vestido subia e descia com os tumultuosos fôlegos. Era como o ardor de um amante; ele me envolvia; era odioso e, ainda assim, me dominava; e, com uma expressão satisfeita e maliciosa, ela me puxava para si, e seus lábios quentes passeavam pelas minhas bochechas em forma de beijos; e ela sussurrava, quase soluçando:

— Você é minha, você *será* minha, você e eu somos uma só para sempre.

Depois, ela se jogava de volta na cadeira, com as mãozinhas sobre os olhos, deixando-me trêmula.

— Nós somos parentes? — eu costumava perguntar. — O que você quer dizer com tudo isso? Talvez eu a lembre de alguém que você ama. Mas não faça isso, eu detesto. Eu não a conheço… Eu não me conheço quando você olha assim e fala assim.

Ela costumava suspirar com minha ansiedade e, depois, se virar e largar minha mão.

A respeito dessas manifestações muito extraordinárias, eu me esforçava em vão para pensar em uma teoria satisfatória… Não podia atribuí-las a fingimento ou truque. Eram sem dúvida a explosão momentânea de emoção e instinto suprimidos. Será que ela era, apesar da negação voluntária da mãe, sujeita a breves instantes de insanidade, ou havia ali um disfarce e um romance? Eu havia lido em livros de histórias antigos sobre essas coisas. E se um garoto apaixonado tivesse conseguido entrar na casa e quisesse continuar com o flerte disfarçado, com a ajuda de uma esperta e velha aventureira? Mas havia muitas coisas contra essa hipótese, por mais altamente interessante que ela fosse para a minha vaidade.

Eu podia me gabar de várias atenções do tipo que o galanteio masculino gosta de oferecer. Entre esses momentos apaixonados, havia longos intervalos de momentos comuns, de divertimento, de melancolia pensativa, durante os quais, exceto por eu detectar os olhos dela tão cheios de fogo melancólico me seguindo, às vezes eu poderia não significar nada para ela. A não ser por aqueles breves períodos de misteriosa animação, seu jeito era o de uma menina; e sempre havia uma languidez nela, muito incompatível com um corpo masculino saudável.

Em alguns aspectos, os hábitos dela eram estranhos. Talvez não tão excêntricos na opinião de uma mulher da cidade quanto pareciam para nós, pessoas do interior. Ela costumava descer muito tarde, em geral não antes da uma, e então tomava uma xícara de chocolate, mas não comia nada; nós depois saíamos para uma caminhada, que era apenas um passeio a passos lentos, e ela parecia quase imediatamente exausta e voltava para o castelo ou se sentava em um dos bancos colocados, aqui e ali, entre as árvores. Aquela era uma languidez corporal com a qual sua mente não concordava. Ela sempre conversava com animação e era muito inteligente.

Ela às vezes fazia alusão por um instante à sua própria casa, ou mencionava uma aventura ou situação, ou uma lembrança antiga, que indicava pessoas de modos estranhos e descrevia costumes dos quais nós não sabíamos nada. Eu entendi com essas dicas inesperadas que a região nativa dela era muito mais remota do que eu imaginara a princípio.

Quando estávamos assim sentadas, certa tarde, sob as árvores, um funeral passou por nós. Era de uma menina jovem e bonita, que eu tinha visto muitas vezes, filha de um dos guardas da floresta. O pobre homem estava andando atrás do caixão da sua querida menina; ela era sua única filha e ele parecia devastado.

Camponeses andando em duplas vinham atrás; eles cantavam um hino de funeral.

Eu me levantei para mostrar meu respeito enquanto eles passavam e me juntei ao hino que eles estavam cantando com muita doçura.

Minha companheira me chacoalhou de forma um pouco grosseira, e eu me virei, surpresa.

Ela disse bruscamente:

– Você não percebe o quão destoante isso é?

– Pelo contrário, eu acho muito doce – respondi, irritada com a interrupção e muito desconfortável caso as pessoas que compunham a pequena procissão observassem e se ressentissem com o que estava acontecendo.

Eu voltei a cantar então, no mesmo instante, e fui interrompida de novo.

– Você machuca meus ouvidos – disse Carmilla, quase brava e cobrindo as orelhas com seus dedinhos pequenos. – Além disso, como você sabe se a sua religião e a minha são a mesma? Os seus modos me machucam e eu odeio funerais. Quanta agitação! Ora, você tem que morrer... *Todo mundo* tem que morrer. E todo mundo fica mais feliz quando morre. Vamos para casa.

— Meu pai foi com o clérigo para o cemitério da igreja. Eu pensei que você soubesse que ela seria enterrada hoje.

— Ela? Eu não preocupo minha mente com camponeses. Não sei quem ela é — respondeu Carmilla, com um brilho em seus lindos olhos.

— Ela é a pobre menina que achou ter visto um fantasma duas semanas atrás e vinha morrendo desde então, até ontem, quando se foi.

— Não me fale nada sobre fantasmas. Não vou dormir esta noite se você falar.

— Espero que não tenha uma peste ou febre chegando. Toda esta situação se parece muito com isso — eu continuei. — A jovem esposa do cuidador de porcos morreu há apenas uma semana; ela achou que alguma coisa a agarrou na garganta enquanto ela estava deitada na cama e quase a estrangulou. Papai disse que essas imaginações horríveis realmente acompanham algumas formas de febre. Ela estava muito bem um dia antes. E afundou depois disso e morreu antes de uma semana.

— Bem, o funeral *dela* acabou, eu espero, e o hino *dela* foi cantado, e nossos ouvidos não serão torturados por aquela desarmonia e tagarelice. Isso me deixou nervosa. Sente-se aqui ao meu lado. Sente-se perto, segure a minha mão, aperte-a mais, mais, mais forte.

Nós tínhamos recuado um pouco e chegado a outro banco.

Ela se sentou. Seu rosto passou por uma mudança que me alarmou e até me aterrorizou por um instante. Ele se fechou e ficou horrivelmente lívido; seus dentes e mãos estavam apertados, e ela franziu a testa e comprimiu os lábios enquanto encarava o chão sob seus pés e tremia por inteiro com um agito constante, tão irreprimível quanto acessos de calafrios. Toda a sua energia parecia se esforçar para reprimir um ataque, contra o qual ela estava então lutando sem respirar; e, depois de um tempo, um choro baixo e convulsivo de sofrimento saiu dela, e gradualmente a histeria diminuiu.

– Viu? Isso é o que acontece quando se sufocam as pessoas com hinos! – ela disse por fim. – Abrace-me, ainda me abrace. Está passando.

E assim, aos poucos, passou; e, talvez para dissipar a impressão sombria que o espetáculo deixara em mim, ela ficou animada e faladora de um jeito incomum; e fomos para casa.

Aquela foi a primeira vez que eu a vi exibir qualquer sintoma definido da saúde delicada de que sua mãe havia falado. Foi a primeira vez também que eu a vi expressar algum tipo de irritação.

As duas coisas passaram como uma nuvem de verão; e nunca mais, exceto por uma vez depois disso, eu testemunhei um sinal de raiva momentâneo da parte dela. Vou lhe contar como aconteceu.

Ela e eu estávamos olhando de uma das janelas da longa sala de estar quando entrou no pátio, passando a ponte levadiça, a figura de um andarilho que eu conhecia muito bem. Ele costumava visitar o castelo geralmente duas vezes por ano.

Era a figura de um corcunda, com os traços pontiagudos e magros que costumam acompanhar a deformidade. Tinha uma barba preta, chapéu pontudo e estava com um sorriso de orelha a orelha, mostrando suas presas brancas. Ele vestia uma roupa cor de areia, preta e escarlate, cruzada com mais tiras e cintos do que eu podia contar, nos quais estavam penduradas todo tipo de coisas. Atrás, ele carregava uma lâmpada mágica e duas caixas, que eu conhecia bem, em uma das quais havia uma salamandra e, na outra, uma mandrágora. Esses recipientes costumavam fazer meu pai rir. Eles eram compostos por partes de macacos, papagaios, esquilos, peixes e porcos-espinho, secas e costuradas com muito capricho, criando um efeito impressionante. Ele tinha uma rabeca, uma caixa de aparatos para conjuração, um par de lâminas e máscaras presas ao cinto, várias outras caixas misteriosas balançando em volta dele e uma bengala preta com ponteiras de cobre na mão. Seu companheiro era um cachorro magro e malcuidado que o seguia de perto, mas parou de repente, desconfiado, na ponte levadiça e, pouco depois, começou um uivo sinistro.

Nesse meio-tempo, o charlatão, parado na névoa do pátio, ergueu seu chapéu grotesco e fez uma reverência muito cerimoniosa para nós, dizendo seus elogios com muita falsidade em um francês execrável e um alemão não muito melhor.

Depois, soltando a rabeca, ele começou a arranhar uma melodia alegre junto à qual cantou com um desafino feliz, dançando com movimentos e jeitos ridículos que me fizeram rir, apesar dos uivos do cão.

Depois, ele avançou para a janela com muitos sorrisos e saudações; o chapéu na mão esquerda, a rabeca sob o braço; e, com um falatório que nunca parou para tomar fôlego, tagarelou uma longa propaganda de todas as suas habilidades, e dos recursos das várias artes que ele punha ao nosso dispor, e das curiosidades e entretenimentos que ele tinha em mãos para exibir conforme mandássemos.

— As senhoritas gostariam de comprar um amuleto contra o *oupire*[2] que está andando como um lobo, ouvi dizer, por estas florestas? — ele perguntou, deixando o chapéu cair no chão. — As pessoas estão morrendo por causa dele a torto e a direito, e aqui está um talismã que nunca falha. Basta prender no travesseiro e você poderá rir na cara dele.

Esses talismãs eram pedaços ovais de velino com símbolos cabalísticos e diagramas.

Carmilla comprou um no mesmo instante, e eu também.

Ele estava olhando para cima e nós estávamos sorrindo para ele lá embaixo, achando graça; pelo menos, posso falar por mim. Seus olhos escuros perfurantes, enquanto nos mirava, pareceram detectar alguma coisa que prendeu sua curiosidade por um momento.

---

[2] Palavra polonesa para "vampiro" (N.T.).

Logo em seguida, ele desenrolou um estojo de couro, cheio de todo tipo de instrumentos pequenos e estranhos de aço.

– Veja aqui, dama – disse, mostrando o estojo e falando comigo –, eu exerço, entre outras coisas menos úteis, a arte da odontologia. Para o inferno com esse cão! – ele interrompeu. – Silêncio, criatura! Ele uiva tanto que as senhoritas nem conseguem ouvir uma palavra. Sua nobre amiga, a jovem dama à sua direita, tem dentes bem afiados... longos, finos, pontiagudos, como uma sovela, como uma agulha. Rá rá! Com meu olhar aguçado e que enxerga longe, eu os vi com clareza ao olhar para cima. Agora, se eles por acaso machucam a jovem dama, e acho que devem machucar, aqui estou, aqui estão minha lima, meu perfurador, meu alicate. Vou deixá-los arredondados e sem ponta, se a dama quiser. Não mais os dentes de um peixe, mas os de uma linda e jovem dama, como ela é. Ei? A jovem dama não gostou? Fui muito ousado? Eu a ofendi?

A jovem dama realmente parecia muito brava ao recuar da janela.

– Como esse charlatão ousa nos insultar dessa forma? Onde está seu pai? Vou exigir uma reparação dele. Meu pai faria o patife ser amarrado à bomba de água, e açoitado com um chicote de carroceiro, e queimado até os ossos com o marcador de gado!

Ela recuou da janela um ou dois passos e se sentou; mal tinha perdido o ofensor de vista quando sua ira desapareceu tão de repente quanto surgira e ela, aos poucos, recuperou seu tom de voz normal e pareceu esquecer o pequeno corcunda e suas bobagens.

Meu pai estava desanimado naquela noite. Ao chegar, ele nos contou que tinha havido outro caso muito similar aos dois casos fatais ocorridos nos últimos tempos. A irmã de um jovem camponês da propriedade dele, a apenas cerca de 1,5 quilômetro de distância, estava muito doente. Havia sido, conforme ela descrevia, atacada quase da mesma forma e agora estava lenta, mas certamente, definhando.

– Tudo isso – disse meu pai – é totalmente explicável por causas naturais. Essas pobres pessoas contaminaram umas às outras com suas superstições e, assim, repetem na imaginação as imagens de terror que infestaram seus vizinhos.

– Mas essa situação é mesmo horrivelmente assustadora – disse Carmilla.

– Por quê? – questionou meu pai.

– Tenho muito medo de achar que estou vendo coisas assim. Acho que seria tão ruim quanto vê-las de verdade.

– Estamos nas mãos de Deus, nada pode acontecer sem a permissão Dele, e tudo acabará bem para aqueles que O amam. Ele é o nosso fiel criador, Ele fez todos nós e cuidará de nós.

– Criador! *Natureza*! – disse a jovem dama em resposta para o meu doce pai. – E essa doença que invade a região é natural. Natureza. E todas as coisas vêm da Natureza... não? Todas as coisas do céu, da terra e embaixo da terra agem e vivem como a Natureza manda? Eu acho que sim.

— O médico disse que viria aqui hoje – disse meu pai, depois de um silêncio. – Quero saber o que ele pensa disso e o que ele acha melhor fazermos.

— Médicos nunca me fizeram nenhum bem – disse Carmilla.

— Então você ficou doente? – perguntei.

— Mais doente do que vocês jamais ficaram – ela respondeu.

— Há muito tempo?

— Sim, muito tempo. Eu tive essa mesma doença, mas me esqueci de tudo, exceto minha dor e fraqueza. Porém elas não eram tão ruins quanto as causadas por outras enfermidades.

— Você era muito nova nessa época?

— Se me permite, não vamos mais falar sobre isso. Você não magoaria uma amiga, não é?

Ela olhou em meus olhos, lânguida, e passou o braço em volta da minha cintura com carinho, e me levou para fora da sala. Meu pai estava ocupado com alguns papéis perto da janela.

— Por que seu pai gosta de nos assustar? – disse a linda menina com um suspiro e um leve arrepio.

— Ele não gosta, querida Carmilla, é o que ele menos quer.

— Você está com medo, minha querida?

— Eu teria muito medo se achasse que existe algum perigo real de eu ser atacada como aquelas pobres pessoas foram.

— Você tem medo de morrer?

— Sim, todo mundo tem.

— Mas morrer como morrem os amantes... Morrer juntos para que possam viver juntos. As meninas são como lagartas enquanto vivem no mundo e, enfim, viram borboletas quando o verão chega. Mas, nesse meio-tempo, há vermes e larvas, você não vê? Cada um com suas propensões, necessidades e estruturas particulares. É o que diz Monsieur Buffon, em seu grande livro, na sala ao lado.

Mais tarde naquele dia, o médico veio e ficou trancado com papai por algum tempo.

Ele era um homem habilidoso de mais de 60 anos, usava pó e raspava a barba, deixando o rosto pálido liso como uma abóbora. Ele e papai emergiram da sala juntos, e eu ouvi papai rir e dizer, enquanto saíam:

– Bem, eu realmente me impressiono com um homem sábio como você. O que você me diz de hipogrifos e dragões?

O médico estava rindo e respondeu, fazendo que não com a cabeça:

– Ainda assim, a vida e a morte são estados misteriosos, e sabemos pouco sobre os recursos de cada uma delas.

E, assim, eles continuaram conversando, e não ouvi mais nada. Eu não sabia, naquele momento, o que o médico estivera dizendo, mas acho que posso adivinhar agora.

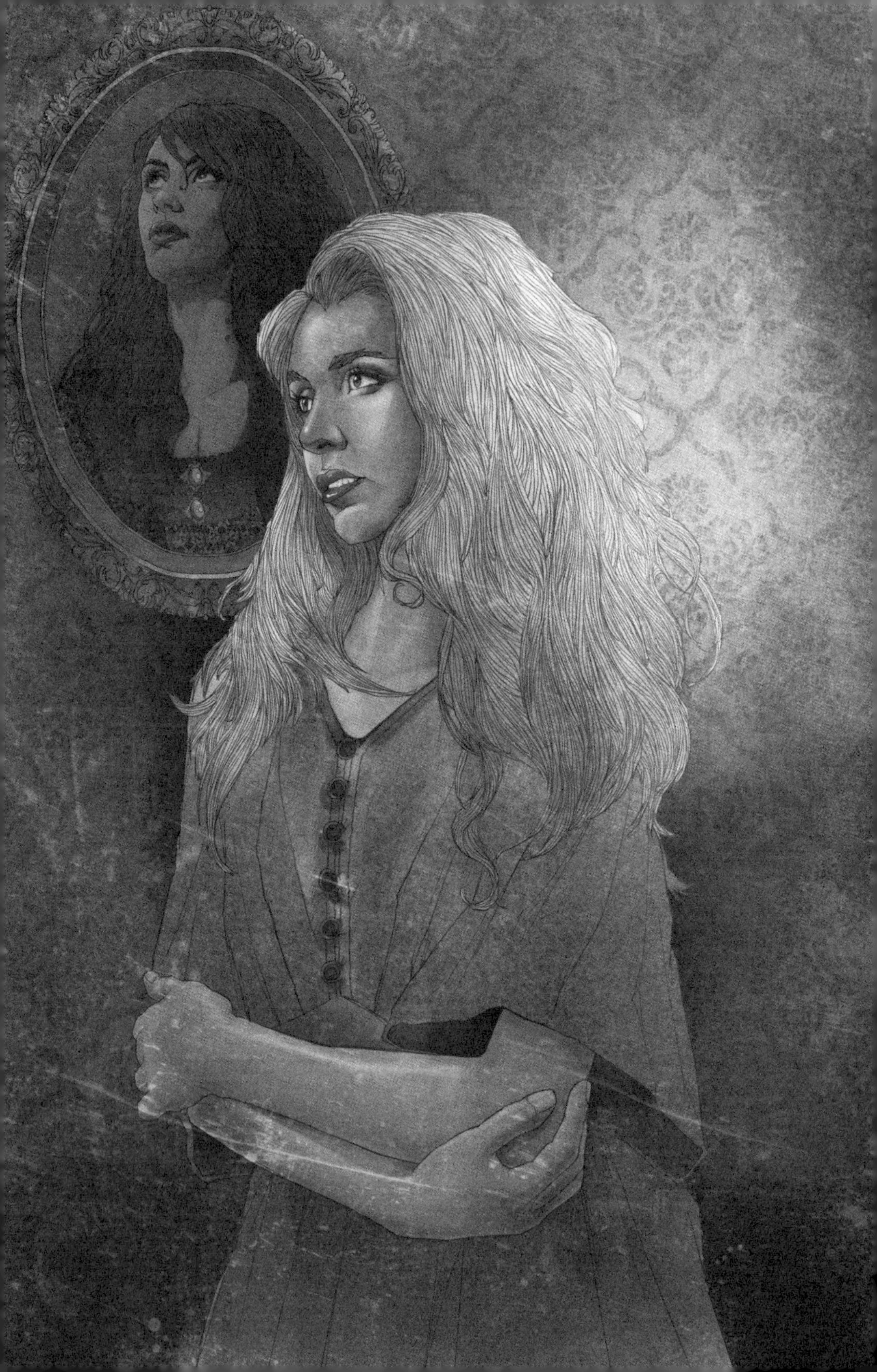

V
Uma semelhança fantástica

Naquela noite, chegou de Gratz o filho do restaurador de quadros, sério e de pele escura, com um cavalo e uma carroça carregada com dois grandes engradados, cada um tendo muitos quadros. Era uma viagem de cerca de 55 quilômetros e, sempre que chegava um viajante ao castelo vindo da nossa capital Gratz, costumávamos nos amontoar em volta dele no *hall* para ouvir as notícias.

Essa chegada causou no nosso isolado lar uma grande sensação. Os engradados permaneceram no *hall* e o rapaz foi cuidado pelos empregados até ter jantado. Depois, com ajudantes e munido de martelo, formão e chave de fenda, ele nos encontrou no *hall*, onde havíamos nos reunido para ver a abertura dos engradados.

Carmilla se sentou e olhou sem atenção enquanto, um após o outro, os velhos quadros, quase todos retratos que tinham passado pelo processo de restauração, eram trazidos à luz. Minha mãe era de uma antiga família húngara, e a maioria daqueles quadros, que estavam prestes a ser devolvidos aos seus lugares, havia chegado até nós por meio dela.

Meu pai tinha uma lista em mãos, a qual ele lia enquanto o restaurador procurava os números correspondentes. Não sei se os quadros eram muito bons, mas eram, sem dúvida, muito antigos e alguns deles, muito curiosos também. Eles tinham, na maior parte, o mérito de serem então vistos por mim, posso dizer, pela primeira vez; pois a fumaça e a poeira do tempo tinham praticamente os apagado da memória.

– Tem um quadro que eu ainda não vi – disse meu pai. – Em um dos cantos, em cima, está o nome, tanto quanto eu conseguia ler, de "Marcia Karnstein" e a data "1698". E estou curioso para ver como ele ficou.

Eu me lembrava; era um quadro pequeno, com cerca de 45 centímetros de altura e quase quadrado, sem moldura; mas estava tão escurecido pelo tempo que eu não conseguia distinguir a imagem.

O rapaz então o pegou, com evidente orgulho. Era muito bonito; era impressionante; parecia vivo. Era o retrato de Carmilla!

– Carmilla, querida, aqui está um verdadeiro milagre. Aqui está você, viva, sorrindo, pronta para falar, neste quadro. Não é lindo, papai? E, vejam, tem até o pequeno sinal na garganta dela.

Meu pai riu e disse:

– Com certeza é uma semelhança fantástica.

Mas ele desviou o olhar e, para a minha surpresa, pareceu um pouco chocado com aquilo e continuou falando com o restaurador, que também era um pouco artista, e discorreu com inteligência sobre os retratos ou outras obras, que, com sua arte, tinha acabado de trazer à luz e às cores, enquanto eu ficava cada vez mais perdida em espanto, quanto mais olhava o quadro.

– Você me deixa pendurar este quadro no meu quarto, papai? – perguntei.

– Com certeza, querida – ele disse, sorrindo. – Fico feliz que goste dele tanto assim. Deve ser ainda mais bonito do que eu pensei, se esse é o caso.

A jovem dama não deu atenção para esse belo discurso, não pareceu ouvi-lo. Ela estava encostada para trás em sua cadeira, os lindos olhos sob seus longos cílios me olhando em contemplação, e ela sorriu com um certo arrebatamento.

– E agora é possível ler claramente o nome que foi escrito no canto. Não é Marcia, parece ter sido escrito em dourado. O nome é Mircalla, condessa de Karnstein, e esta é uma pequena coroa acima dele e, abaixo, o ano de 1698. Eu sou descendente dos Karnstein. Quero dizer, a mamãe era.

— Ah! — disse a dama, lânguida — Eu também sou, eu acho, uma descendente bem distante, muito antiga. Ainda há algum Karnstein vivo?

— Nenhum que carregue o sobrenome, acredito. A família foi destruída, eu acho, em algumas guerras civis há muito tempo, mas as ruínas do castelo ficam a apenas cerca de cinco quilômetros daqui.

— Que interessante! — ela disse, languidamente. — Mas vejam que lindo luar!

Ela olhou pela porta do *hall*, que estava um pouco aberta.

— Imagine dar uma pequena volta no pátio e olhar a estrada e o rio.

— Está muito parecida com a noite em que você chegou para nós — falei.

Ela suspirou, sorrindo, e levantou-se.

Com os braços em volta da cintura uma da outra, saímos para o pavimento.

Em silêncio, caminhamos devagar até a ponte levadiça, onde a bela paisagem se abriu diante de nós.

— E então você estava pensando na noite em que eu cheguei aqui? — ela quase sussurrou. — Está feliz por eu ter vindo?

— Exultante, querida Carmilla — respondi.

— E você pediu para o quadro que acha que parece comigo ser pendurado no seu quarto — ela murmurou com um suspiro enquanto apertava mais o braço em volta da minha cintura e deixava sua bela cabeça se apoiar em meu ombro.

— Como você é romântica, Carmilla — eu disse. — Quando você me contar a sua história, ela será composta principalmente por um grande romance.

Ela me beijou em silêncio.

— Tenho certeza, Carmilla, de que você já se apaixonou. Que existe, neste momento, um caso de amor acontecendo.

— Eu nunca me apaixonei por ninguém e nunca me apaixonarei — ela sussurrou —, a menos que seja por você.

Que linda ela estava sob o luar!

Tímida e estranha foi a expressão com a qual ela rapidamente escondeu o rosto em meu pescoço e meus cabelos, com suspiros tumultuosos que quase pareciam soluços, e apertou na minha mão sua mão trêmula.

Sua bochecha macia brilhava encostada na minha.

— Querida, querida — ela murmurou —, eu moro em você. E você morreria por mim. Eu a amo tanto.

Eu me afastei dela de repente.

Ela estava me fitando com olhos dos quais todo o fogo e todo o significado haviam sumido, e com um rosto sem cor e apático.

— O ar está um pouco frio, querida? — ela falou, letárgica. — Eu estou quase tremendo. Estava sonhando? Vamos entrar. Venha, venha, entre.

— Você parece doente, Carmilla, um pouco pálida. Você precisa com certeza beber um pouco de vinho — afirmei.

— Sim. Vou beber. Estou melhor agora. Vou estar muito bem em alguns minutos. Sim, me dê um pouco de vinho – respondeu Carmilla conforme nos aproximávamos da porta.

— Vamos olhar de novo por um instante. Esta é a última vez, talvez, que eu verei o luar com você.

— Como você se sente agora, querida Carmilla? Está melhor mesmo? – questionei.

Eu estava começando a me alarmar, com medo de ela ser atingida pela estranha epidemia que diziam ter invadido a região à nossa volta.

— Papai ficaria em uma aflição sem medida – eu acrescentei – se achasse que você está até mesmo indisposta sem nos avisar de imediato. Temos um médico muito competente aqui perto, aquele que esteve com papai hoje.

— Tenho certeza de que ele é competente. Sei o quão gentis vocês todos são, mas, querida menina, estou bem de novo. Não há nada de errado comigo, a não ser uma pequena fraqueza. As pessoas dizem que sou lânguida, sou incapaz de me esforçar, mal posso andar a mesma distância que uma criança de 3 anos. E, de vez em quando, a pouca força que tenho vacila, e eu fico como você acabou de ver. Mas, no final, eu me restabeleço com muita facilidade. Em um instante, estou perfeitamente normal. Veja como eu me recuperei.

E, de fato, ela havia se recuperado. E nós duas conversamos bastante, e ela estava muito animada; e o restante daquele início de noite se passou sem nenhuma ocorrência do que eu chamava dos arroubos dela. Quero dizer: suas conversas e expressões loucas, que me deixavam envergonhada e até me assustavam.

Porém, aconteceu naquela noite um evento que deu uma nova mudança aos meus pensamentos e pareceu assustar até a natureza lânguida de Carmilla e transformá-la em energia momentânea.

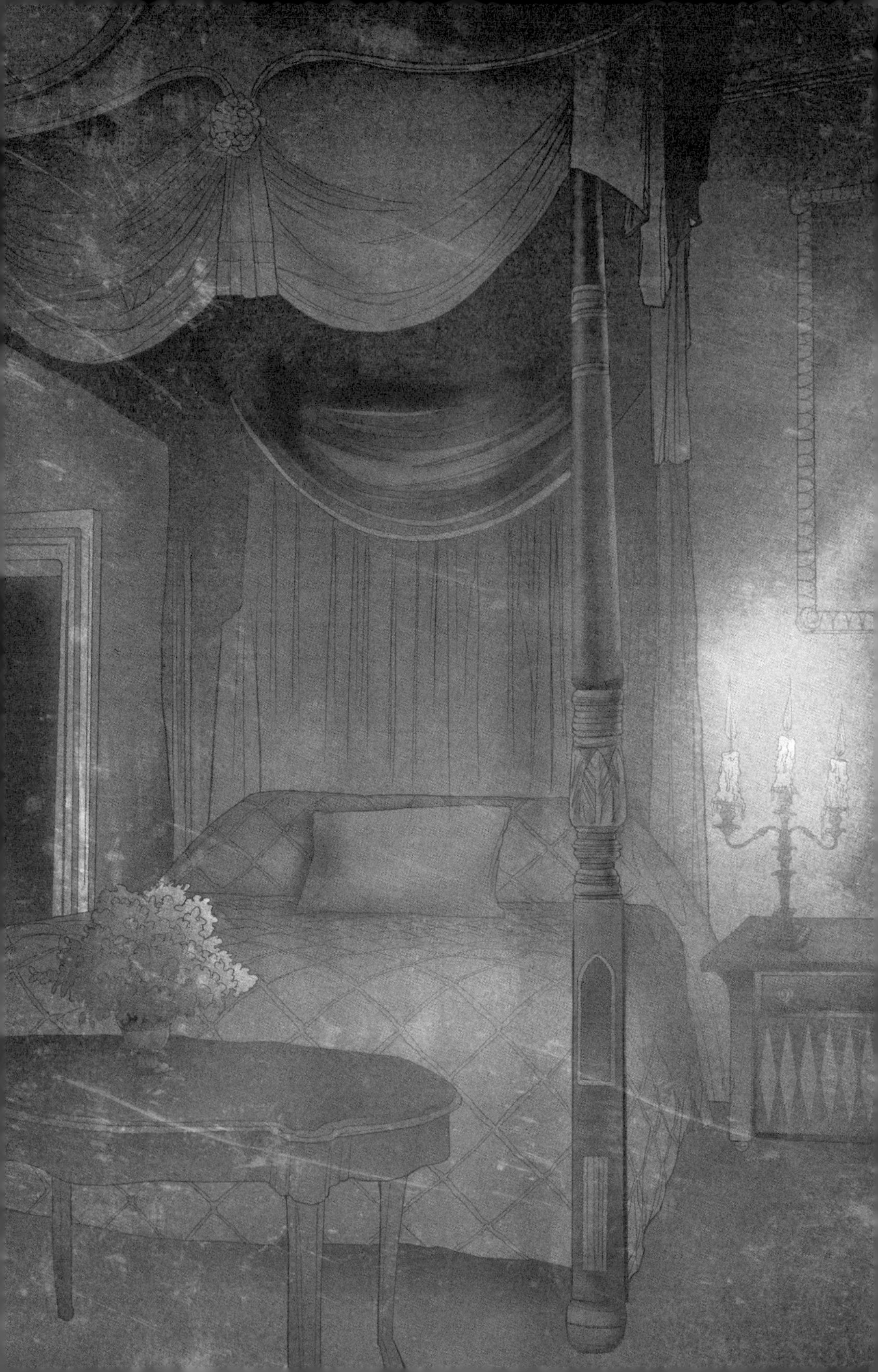

VI
Uma agonia muito estranha

Quando tínhamos entrado na sala de estar e nos sentado para tomar nosso café e chocolate, embora Carmilla não houvesse aceitado nada, ela parecia bastante normal novamente; a madame e a Mademoiselle De Lafontaine juntaram-se a nós, e começamos um pequeno jogo de cartas, durante o qual papai entrou para o que ele chamava de seu "prato de chá".

Quando o jogo acabou, ele se sentou ao lado de Carmilla no sofá e perguntou a ela, um pouco ansioso, se tivera notícias da mãe desde que chegara.

Ela respondeu "não".

Ele então perguntou se ela sabia onde uma carta encontraria sua mãe naquele momento.

— Não posso dizer – ela falou, ambígua –, mas tenho pensado em deixá-los. Vocês já foram muito hospitaleiros e muito gentis comigo. Eu lhes dei uma infinidade de problemas e gostaria de tomar uma carruagem amanhã e sair depressa em busca dela. Sei onde devo por fim achá-la, embora não ouse dizer a vocês.

— Mas você não deve nem sonhar com tal coisa – exclamou meu pai, para meu grande alívio. – Não podemos perdê-la assim, e não consentirei que nos deixe, a não ser sob os cuidados da sua mãe, que foi muito boa em permitir que você ficasse conosco até ela voltar. Eu ficaria muito feliz se soubesse que você teve notícias dela. Esta noite, os relatos sobre o progresso da misteriosa doença que invadiu nossa vizinhança ficaram ainda mais alarmantes. E, minha bela hóspede, eu sinto a responsabilidade, sem a ajuda dos conselhos de sua mãe, com bastante força. Porém, farei o meu melhor. E uma coisa é certa, você não deve pensar em nos deixar sem a orientação clara dela para isso. Nós sofreríamos muito em nos despedir de você para concordar com isso facilmente.

— Mil vezes obrigada, senhor, pela sua hospitalidade – ela respondeu. – Vocês todos foram muito gentis comigo. Poucas vezes fui tão feliz em minha vida, antes, como sou aqui no seu lindo castelo, sob seus cuidados e na companhia da sua querida filha.

Ele, galante em seus modos antiquados, beijou a mão dela, sorrindo e contente com o breve discurso.

Eu acompanhei Carmilla, como sempre, até seu quarto e me sentei e conversei com ela enquanto ela se preparava para dormir.

— Você acha — acabei dizendo — que um dia vai confiar em mim por inteiro?

Ela se virou sorrindo, mas não respondeu, apenas continuou a sorrir para mim.

— Você não vai responder? — falei. — Você não pode responder nada agradável. Eu não deveria ter perguntado.

— Você faz muito bem em me perguntar isso, ou qualquer coisa. Você não sabe o quanto é importante para mim, ou não encontraria nenhuma confiança boa demais para ser almejada. Mas eu fiz meus votos, nenhuma freira fez um tão terrível, e não ouso contar minha história ainda, nem mesmo para você. Está muito próximo o momento em que você saberá de tudo. Você me acha cruel, muito egoísta, mas o amor é sempre egoísta. Quanto mais ardente, mais egoísta. O quanto eu tenho ciúmes, você não pode saber. Você deve vir comigo, me amando, até a morte. Ou, então, me odeie e, mesmo assim, venha comigo. E me *odeie* pela morte e depois dela. Não existe a palavra "indiferença" na minha natureza apática.

— Ora, Carmilla, você vai falar suas loucuras de novo — eu disse, impaciente.

— Eu não, tola como sou e cheia de caprichos e fantasias. Para o seu bem, falarei como um sábio. Você já esteve em um baile?

— Não. Você realmente não para. Como é? Deve ser muito encantador.

— Quase esqueci, faz anos.

Eu ri.

—Você não é tão velha. Seu primeiro baile mal pode já ter sido esquecido.

— Eu me lembro de tudo... com esforço. Eu vejo tudo como os mergulhadores veem o que está acontecendo acima deles, através de um líquido, denso, ondulante, mas transparente. Aconteceu algo naquela noite que confundiu as imagens e fez as cores desbotarem. E fui quase assassinada na cama, ferida aqui – ela tocou o peito –, e nunca mais fui a mesma.

—Você chegou perto de morrer?

— Sim, muito perto... Um amor cruel... Um amor estranho que teria tomado minha vida. O amor tem seus sacrifícios. Nenhum sacrifício sem sangue. Vamos dormir agora, estou com tanta preguiça. Como posso levantar agora e trancar minha porta?

Ela estava deitada com as mãozinhas enterradas entre os cabelos ondulados e volumosos, embaixo da bochecha, a cabecinha apoiada no travesseiro, e os olhos cintilantes me seguiam aonde quer que eu fosse, com uma espécie de sorriso tímido que eu não conseguia decifrar.

Eu lhe desejei boa-noite e saí devagar do quarto com uma sensação desconfortável.

Eu com frequência me perguntava se nossa bela hóspede fazia suas orações em algum momento. Eu com certeza nunca a vira ajoelhada. Pela manhã, ela nunca descia até muito depois de nossas orações em família terem acabado e, à noite, nunca saía da sala de estar para participar das nossas breves rezas no *hall*.

Se não tivesse sido mencionado casualmente em uma das nossas conversas despreocupadas que havia sido batizada, eu teria duvidado de que ela fosse cristã. Religião era um assunto do qual eu nunca a ouvira dizer uma palavra. Se eu tivesse mais conhecimento do mundo, essa negligência ou antipatia em especial não teria me surpreendido tanto.

As precauções de pessoas nervosas são contagiosas, e pessoas com um temperamento parecido certamente, depois de um tempo, vão imitá-las. Eu havia adotado o hábito de Carmilla de trancar a porta do quarto, tendo abraçado na minha mente todos os seus temores fantasiosos sobre invasores à meia-noite e assassinos à espreita. Eu também havia adotado a precaução dela de fazer uma breve busca pelo quarto, para garantir que nenhum assassino oculto ou ladrão estivesse "entocado".

Com essas sábias medidas tomadas, eu me deitei na cama e adormeci. Uma luz queimava em meu quarto. Era um velho hábito, de muito tempo atrás, e o qual nada poderia ter me tentado a dispensar.

Assim protegida, eu podia descansar em paz. Mas sonhos entram através de paredes de pedras, iluminam aposentos escuros ou escurecem os iluminados, e as pessoas dos sonhos fazem suas saídas e entradas como querem e riem dos chaveiros.

Eu tive um sonho, naquela noite, que foi o começo de uma agonia muito estranha.

Não posso chamá-lo de pesadelo, pois eu estava bem consciente de estar dormindo.

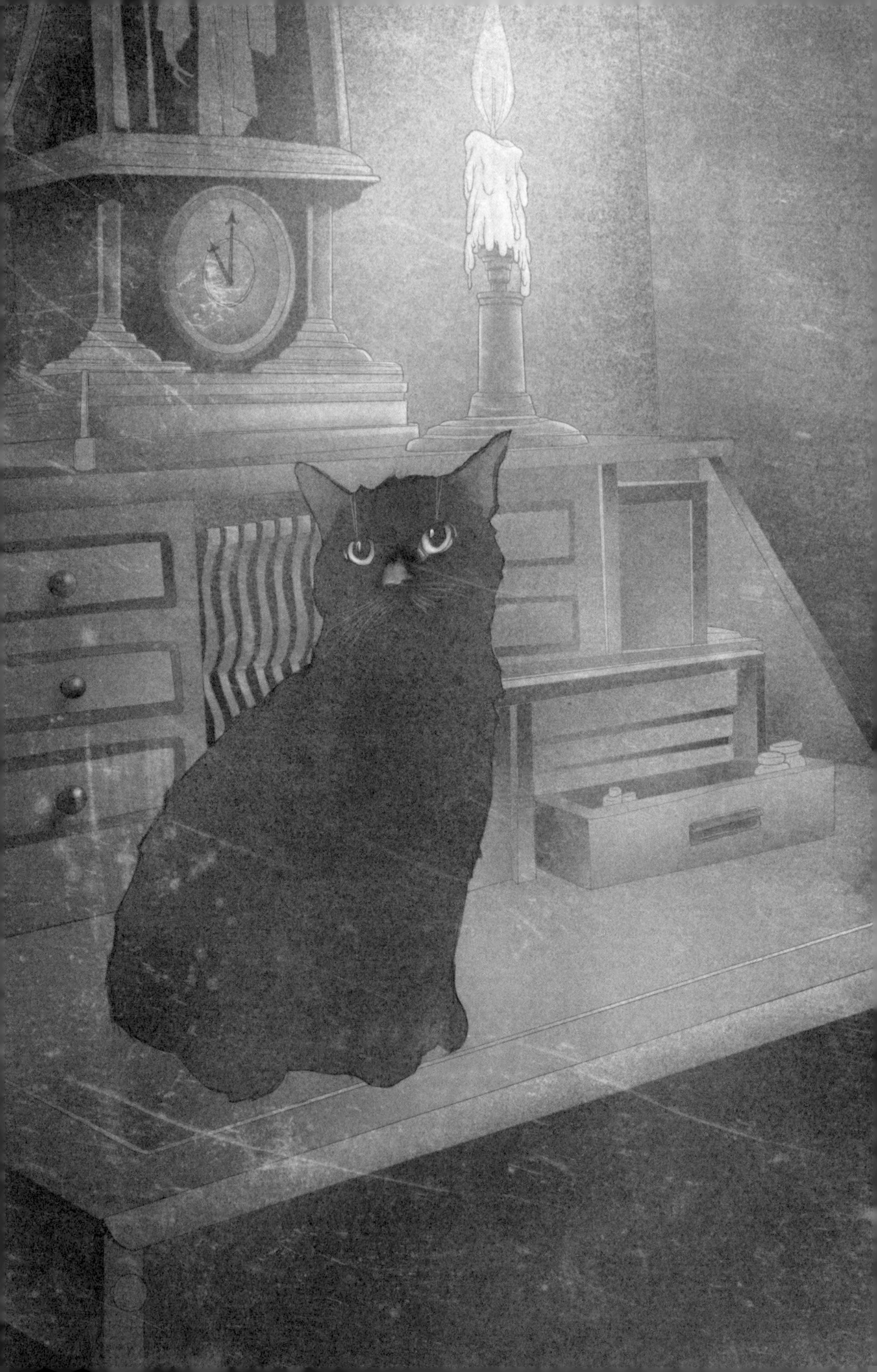

Porém eu estava igualmente consciente de estar em meu quarto, deitada na cama, exatamente como era, na verdade. Eu vi, ou achei que vi, o quarto e a mobília da mesma forma como eu os vira da última vez, exceto por estar muito escuro, e percebi algo se mexendo ao pé da cama, que, no começo, não consegui reconhecer direito. Mas logo vi que era um animal preto como carvão, que lembrava um gato monstruoso. Ele me parecia ter cerca de 120 ou 150 centímetros de comprimento, pois ocupava todo o tamanho da passadeira em frente à lareira ao passar por cima dela; e ele continuou indo e vindo com a inquietação ágil e sinistra de uma fera enjaulada. Eu não conseguia gritar, embora, como você pode supor, estivesse aterrorizada. Os passos dele estavam ficando mais rápidos e o quarto, subitamente mais escuro e, depois de um tempo, tão escuro que eu não conseguia ver nada do gato a não ser os olhos. Eu o senti pular com leveza para a cama. Os dois grandes olhos se aproximaram do meu rosto e, de repente, senti uma dor de picada, como se duas grandes agulhas, a uns três ou cinco centímetros de distância, fossem lançadas fundo dentro do meu peito. Acordei com um grito. O quarto estava iluminado pela vela que ainda queimava, e eu vi uma figura feminina parada ao pé da cama, um pouco para a direita. Ela usava um vestido escuro e largo, e seus cabelos estavam soltos e cobriam os ombros. Um bloco de pedra não teria conseguido ficar mais imóvel. Não havia o menor movimento de respiração. Enquanto eu a encarava, a figura pareceu ter mudado de lugar e estava mais próxima da porta; depois, perto dela, então a porta se abriu e a figura saiu.

Eu fiquei aliviada e pude respirar e me mexer. Meu primeiro pensamento foi o de que Carmilla estivera me pregando uma peça e que eu esquecera de trancar minha porta. Corri para ela e a achei trancada, como sempre, por dentro. Estava com medo de abri-la... Estava horrorizada. Pulei na cama e cobri a cabeça com as cobertas, e fiquei deitada ali, mais morta do que viva, até a manhã.

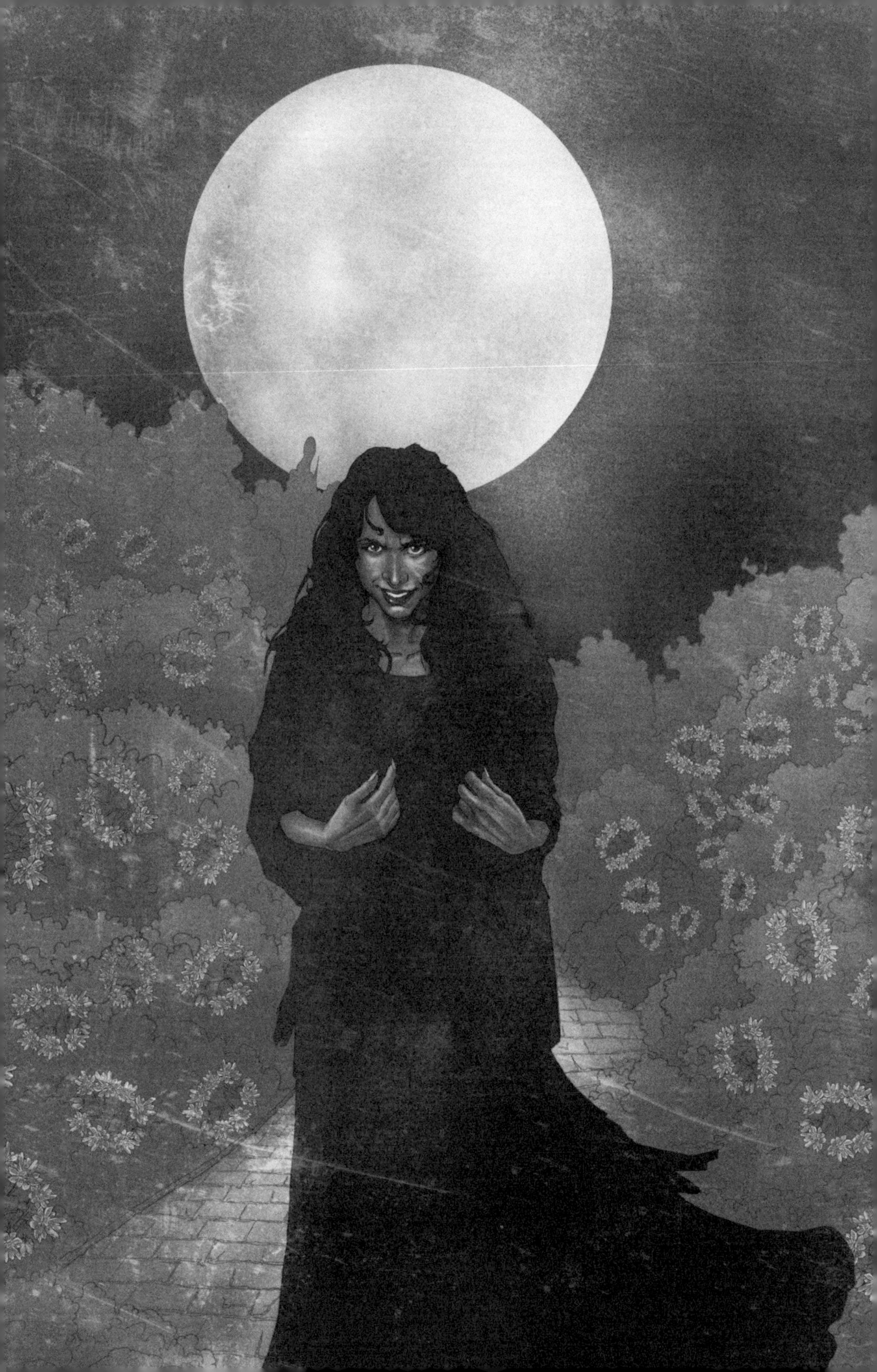

VII
Queda

Seria inútil tentar lhe contar o horror com o qual, mesmo agora, eu relembro o acontecimento daquela noite. Não foi um terror transitório como um sonho deixa para trás. Ele parecia ficar mais forte com o tempo e se refletia no quarto e na própria mobília que haviam cercado a aparição.

Eu não conseguia suportar, no dia seguinte, ficar sozinha por um instante. Deveria ter contado ao papai, a não ser por dois motivos opostos. Em um momento, eu pensei que ele riria da minha história e eu não poderia suportar que ela fosse tratada como uma piada; e, em outro momento, pensei que ele poderia imaginar que eu havia sido atacada pela misteriosa enfermidade que invadira nossa vizinhança. Eu mesma não tinha nenhum medo disso e, como ele já estava bem debilitado fazia um tempo, eu temia assustá-lo.

Eu me sentia bem confortável com nossas bondosas companhias, Madame Perrodon e a animada Mademoiselle De Lafontaine. As duas perceberam que eu estava desanimada e nervosa, e, depois de um tempo, eu lhes contei o que pesava tanto em meu coração.

Mademoiselle riu, mas eu achei que Madame Perrodon pareceu ansiosa.

– A propósito – disse Mademoiselle, rindo –, o longo caminho de tílias, atrás da janela do quarto da Carmilla, é mal-assombrado!

– Bobagem! – exclamou madame, que provavelmente achou o assunto bastante inoportuno. – E quem contou essa história, minha cara?

– Martin disse que ele passou ali duas vezes, quando o velho portão do pátio estava sendo consertado, antes do amanhecer, e, nas duas vezes, viu a mesma figura feminina descendo o caminho das tílias.

– Deve ter visto mesmo, já que há vacas a ordenhar nos campos do rio – disse madame.

– É o que eu acho. Mas Martin escolhe ficar assustado e eu nunca vi um tolo mais amedrontado.

– Você não deve dizer uma palavra disso para Carmilla, porque ela consegue enxergar aquele caminho da janela do quarto – eu interrompi – e é, se possível, mais covarde do que eu.

Carmilla desceu bem mais tarde do que de costume naquele dia.

– Eu fiquei tão assustada ontem à noite – ela disse, assim que nos encontramos – e tenho certeza de que teria visto alguma coisa horrenda se não fosse por aquele amuleto que comprei do pobrezinho corcunda que eu chamei de nomes tão cruéis. Sonhei com algo preto dando a volta na minha cama, e acordei totalmente horrorizada, e pensei mesmo, por alguns segundos, ter visto uma figura sombria perto da lareira, mas coloquei a mão debaixo do travesseiro procurando meu amuleto e, no momento em que meus dedos tocaram nele, a figura desapareceu, e eu tive bastante certeza de que, se não o tivesse comigo, algo assustador teria se mostrado e, talvez, me sufocado, como fez com aquelas pobres pessoas de quem ouvimos falar.

– Bem, me ouça – eu comecei e recontei minha aventura, cujo relato pareceu aterrorizá-la.

– E você tinha o amuleto por perto? – ela perguntou com fervor.

– Não, eu tinha deixado dentro de um vaso de porcelana na sala de estar, mas com certeza vou levá-lo comigo esta noite, já que você tem tanta fé nele.

Com esta distância de tempo, não sei lhe dizer, nem mesmo entender, como superei meu terror com tanta eficiência para me deitar sozinha no quarto naquela noite. Eu lembro com perfeição que prendi o amuleto em meu travesseiro. Adormeci quase no mesmo instante e dormi ainda melhor do que de costume a noite toda.

Passei a noite seguinte muito bem também. Meu sono foi deliciosamente profundo e sem sonhos.

Porém, acordei com uma sensação de fraqueza e melancolia, que, no entanto, não ultrapassou um grau que era quase confortável.

— Bem, eu lhe disse — falou Carmilla quando descrevi meu sono tranquilo. — Eu mesma tive um sono delicioso na noite passada; prendi o amuleto no peito da minha camisola. Ele estava muito distante na noite anterior. Tenho quase certeza de que foi tudo fantasia, exceto os sonhos. Eu costumava achar que espíritos maus faziam os sonhos, mas nosso médico me disse que não é assim. Apenas uma febre que está passando. Ou outras doenças que costumam, ele disse, bater à porta e, sem poderem entrar, seguem em frente, causando esse susto.

— E o que você acha que o amuleto é? — perguntei.

— Ele foi fumigado ou imerso em algum remédio e é um antídoto contra a malária — ela respondeu.

— Então ele age apenas no corpo?

— Com certeza. Você não acha que espíritos maus ficam com medo de pedaços de fita ou dos perfumes da loja de um boticário, acha? Não, essas enfermidades, vagando pelo ar, começam testando os nervos e, assim, contaminam o cérebro, mas, antes que elas consigam tomar a pessoa, o antídoto as repele. Isso, eu tenho certeza de que foi o que o amuleto fez por nós. Não é nada mágico, é simplesmente natural.

Eu teria ficado mais feliz se pudesse ter concordado com Carmilla, mas me esforcei ao máximo e a impressão foi perdendo um pouco da força.

Durante algumas noites, dormi profundamente; mas, ainda assim, todas as manhãs, eu sentia a mesma fraqueza, e uma languidez pesava sobre mim o dia todo. Eu me sentia uma menina mudada. Uma estranha melancolia estava tomando conta de mim, uma melancolia que eu não teria interrompido. Pensamentos vagos sobre a morte começaram a aparecer, e uma ideia de que eu estava lentamente definhando tomou posse de mim, gentilmente e, de alguma forma, sem ser indesejada. Se era triste, o estado de espírito que ela induzia também era doce.

O que quer que fosse, minha alma se sujeitou àquilo.

Eu não admitia que estivesse doente, não concordava em contar para meu pai nem em receber o médico.

Carmilla se tornou mais dedicada a mim do que nunca, e seus estranhos arroubos de lânguida adoração ficaram mais frequentes. Ela costumava ficar maliciosamente satisfeita comigo com mais ardor, quanto mais minha força e disposição murchavam. Isso sempre me chocava como se fosse um vislumbre momentâneo de insanidade.

Sem saber, eu estava então em um estágio bem avançado da doença mais estranha que um mortal já sofrera. Havia um fascínio inexplicável nos primeiros sintomas, que mais do que me resignou ao efeito incapacitante daquele estágio da enfermidade. Esse fascínio cresceu por um tempo, até chegar a certo ponto em que gradualmente uma sensação horrível se misturou a ele, ficando mais profunda, como eu lhe contarei, até que descoloriu e corrompeu a minha vida por completo.

A primeira mudança por que passei foi bastante agradável. Aconteceu muito perto do ponto de virada a partir do qual começava a descida pelo Averno.

Algumas sensações vagas e estranhas me visitaram durante o sono. A principal era aquele tremor frio, agradável e peculiar que sentimos ao nos banharmos, quando nos movemos contra a corrente de um rio. Ele era logo acompanhado por sonhos que pareciam intermináveis e eram tão vagos que eu nunca conseguia lembrar o cenário, ou as pessoas, ou uma parte encadeada das suas ações. Mas eles deixavam uma impressão horrível e uma sensação de exaustão, como se eu tivesse passado por um longo período de grande esforço mental e perigo.

Depois de todos esses sonhos, permanecia, ao acordar, uma lembrança de ter estado em um lugar quase totalmente escuro e de ter falado com pessoas que eu não conseguia ver; e especialmente de uma voz clara, de uma mulher, muito grave, que falava como se estivesse a alguma distância, devagar e causando sempre a mesma sensação de indescritível solenidade e medo. Às vezes, vinha uma sensação como se uma mão fosse arrastada com suavidade pela minha bochecha e meu pescoço. Às vezes, era como se lábios quentes me beijassem, cada vez demorando-se mais e mais amorosos quando chegavam à minha garganta, mas ali a carícia ficava fixa. Meu coração batia mais forte, minha respiração entrava e saía depressa em fôlegos profundos; um soluçar, que virava uma sensação de estrangulamento, se transformava em uma convulsão terrível, durante a qual eu ficava inconsciente.

Fazia então três semanas desde o início daquele estado inexplicável.

Meu sofrimento tinha, durante a semana anterior, ficado evidente na minha aparência. Eu ficara pálida, meus olhos estavam dilatados e escurecidos embaixo, e a languidez que eu viera sentindo por um longo tempo começou a se mostrar no meu rosto.

Meu pai me perguntava com frequência se eu estava doente; mas, com uma obstinação que agora me parece inexplicável, eu persistia garantindo a ele que estava muito bem.

De certa forma, era verdade. Eu não sentia dor, não podia reclamar de nenhum desarranjo no corpo. Minha doença parecia ser da imaginação, ou dos nervos, e, por mais horrível que meu sofrimento fosse, eu a mantive com uma reserva mórbida, praticamente em segredo.

Não podia ser aquela enfermidade terrível que os camponeses chamavam de *oupire*, pois eu estava sofrendo havia duas semanas e eles raramente ficavam doentes por muito mais de três dias, quando a morte dava fim à sua dor.

Carmilla reclamava de sonhos e sensações febris, mas não eram de forma alguma de um tipo tão alarmante quanto os meus. Afirmo que os meus eram extremamente arrepiantes. Se eu tivesse sido capaz de entender minha condição, teria suplicado de joelhos por ajuda e aconselhamento. A droga de uma influência invisível estava agindo em mim, e minha percepção estava entorpecida.

Vou lhe contar agora um sonho que me levou imediatamente a uma estranha descoberta.

Certa noite, em vez da voz que eu estava acostumada a ouvir no escuro, ouvi outra, doce e gentil, e igualmente terrível, que disse:

– Sua mãe lhe avisa para ter cuidado com o assassino.

Ao mesmo tempo, uma luz inesperadamente se acendeu e eu vi Carmilla perto do pé da minha cama, usando sua camisola, coberta do queixo aos pés por uma grande mancha de sangue.

Acordei com um berro, tomada pela ideia de que Carmilla estava sendo assassinada. Lembro-me de ter saltado da cama, e minha lembrança seguinte é a de estar parada no vestíbulo, gritando por ajuda.

Madame e mademoiselle saíram depressa dos seus quartos, assustadas; um lampião sempre ficava aceso no vestíbulo e, ao me verem, elas logo ficaram sabendo da causa do meu terror.

Insisti em batermos à porta de Carmilla. Nossa batida não foi atendida.

Ela logo se transformou em murros e alvoroço. Nós berramos o nome dela, mas tudo foi em vão.

Todas nós ficamos com mais medo, pois a porta estava trancada. Voltamos depressa, em pânico, para o meu quarto.

Lá, tocamos o sino por muito tempo e com violência. Se o quarto do meu pai fosse daquele lado da casa, nós o teríamos chamado imediatamente para nos ajudar. Mas que azar! Ele estava fora do alcance do barulho, e chegar até ele envolveria uma excursão para a qual nenhuma de nós tinha coragem.

Empregados, no entanto, logo subiram correndo as escadas; eu havia colocado meu roupão e chinelos nesse meio-tempo, e minhas companheiras já estavam vestidas de maneira parecida. Ao reconhecermos as vozes dos empregados no vestíbulo, saímos depressa juntas; e, depois de termos repetido, tão inutilmente quanto antes, o chamado à porta de Carmilla, ordenei que os homens forçassem a fechadura. Eles o fizeram e nós ficamos parados, segurando alto nossas velas, na entrada, e olhamos para dentro do quarto.

Nós a chamamos pelo nome, mas não houve resposta. Olhamos pelo aposento. Nada estava mexido. Estava no exato estado em que eu o deixara ao dar boa-noite a ela. Mas Carmilla havia sumido.

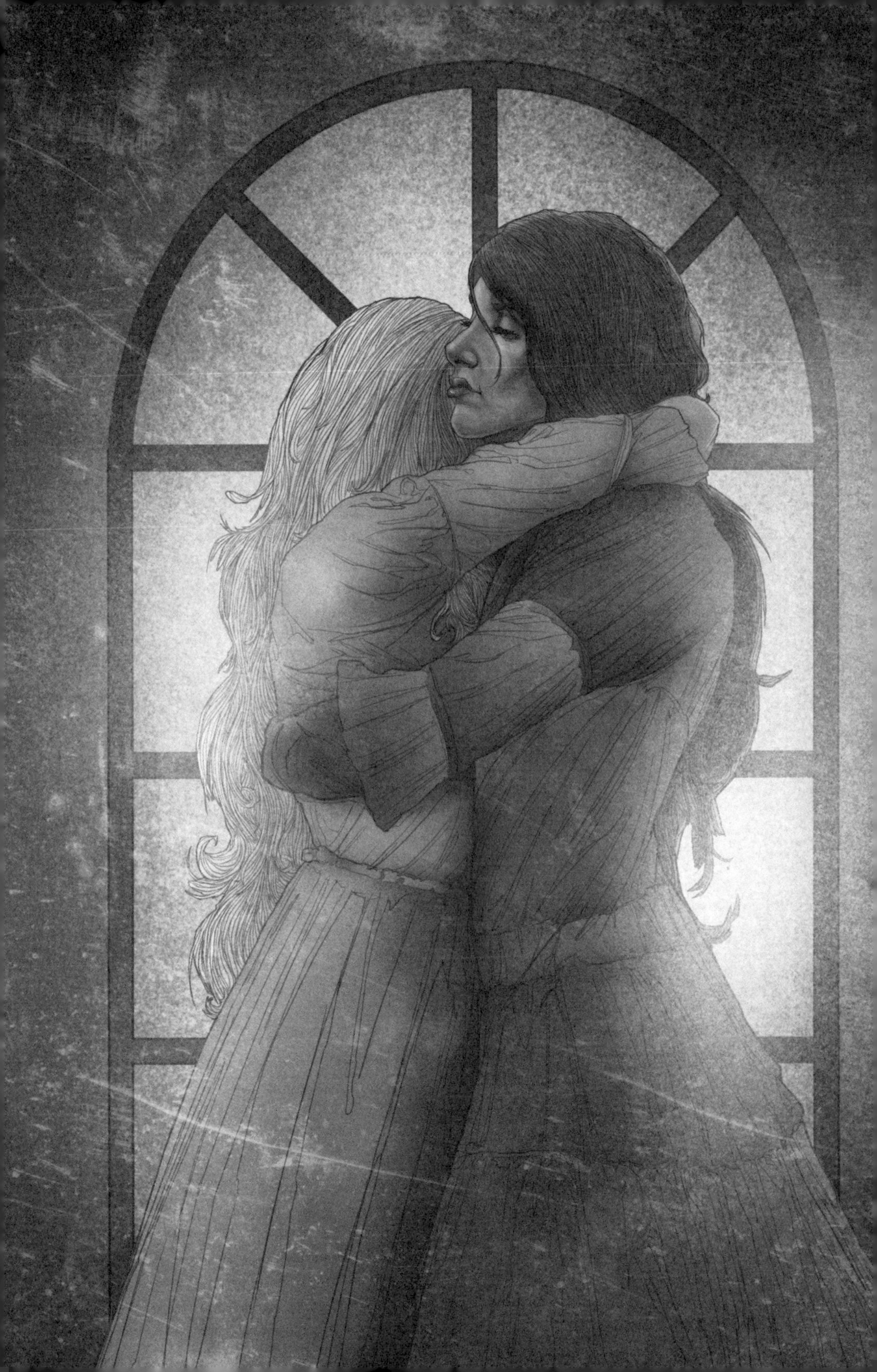

VIII
Busca

Ao vermos o quarto perfeitamente arrumado, a não ser por nossa entrada violenta, começamos a nos acalmar e logo recuperamos a razão o suficiente para dispensar os homens. Mademoiselle sugeriu que era possível Carmilla ter sido acordada por nosso tumulto à porta e, em pânico, ter pulado da cama e se escondido em um armário ou atrás de uma cortina, de onde ela não poderia, é claro, emergir até o mordomo e seus subordinados terem se retirado. Então retomamos nossa busca e começamos a chamar por ela de novo.

Nada teve resultado. Nossa perplexidade e agitação cresceram. Examinamos as janelas, mas elas estavam trancadas. Eu implorei a Carmilla, se ela tivesse se escondido, para não fazer mais aquela brincadeira cruel... para sair e acabar com nossa aflição. Foi inútil. Eu estava, àquela altura, convencida de que ela não se encontrava no quarto, nem no quarto de vestir, cuja porta ainda estava trancada pelo nosso lado. Ela não poderia ter passado por lá. Eu estava totalmente confusa. Teria Carmilla descoberto uma daquelas passagens secretas que a velha governanta dizia que as pessoas sabiam existir no castelo, embora as histórias sobre sua localização exata tivessem sido perdidas? Um pouco de tempo iria, sem dúvida, explicar tudo... por mais completamente perplexas que, no momento, estivéssemos.

Eram mais de quatro da madrugada, e eu preferi passar as horas restantes de escuridão no quarto da madame. A luz do dia não trouxe solução para o problema.

Todos da casa, meu pai mais que qualquer um, estavam em um estado de agitação na manhã seguinte. Cada parte do castelo foi vasculhada. O terreno foi explorado. Nenhum traço da dama perdida pôde ser descoberto. O riacho estava a ponto de ser drenado; meu pai estava perturbado; que história a ter de contar para a mãe da pobre garota na sua volta. Eu também estava quase fora de mim, embora meu pesar fosse de um tipo bem diferente.

A manhã se passou em alarme e agitação. Era então uma da tarde e, ainda, nenhuma boa notícia. Eu corri para o quarto de Carmilla e a encontrei em pé ao lado do seu toucador. Fiquei perplexa. Não conseguia acreditar no que via.

Ela fez um gesto para eu me aproximar com seu lindo dedo, em silêncio. Seu rosto expressava um medo extremo.

Eu corri para ela em um êxtase de alegria; beijei-a e abracei-a de novo e de novo. Corri para o sino e o toquei com empenho, para trazer os outros até o local e aliviar imediatamente a ansiedade de meu pai.

– Querida Carmilla, o que aconteceu com você em todo este tempo? Estávamos agonizando de aflição por sua causa – eu exclamei. – Onde você esteve? Como você voltou?

– A noite passada foi uma noite de espantos – ela disse.

– Pelo amor dos céus, explique tudo o que puder.

– Era depois das duas na noite passada – ela contou – quando fui dormir, como sempre, na minha cama, com as portas trancadas, aquela do quarto de vestir e aquela que se abre para a galeria. Meu sono foi contínuo e, até onde sei, sem sonhos; mas acordei agora mesmo no sofá do quarto de vestir e achei a porta entre os quartos aberta e a outra porta arrombada. Como tudo isso pode ter acontecido sem eu acordar? Deve ter sido acompanhado por bastante barulho, e eu tenho um sono especialmente leve. E como eu posso ter sido carregada da minha cama sem meu sono ter sido interrompido, eu que sou assustada pelo menor movimento?

A essa altura, madame, mademoiselle, meu pai e vários dos empregados estavam no quarto. Carmilla foi, é claro, inundada por perguntas, festejos e boas-vindas. Ela tinha apenas uma história para contar e parecia ser a menos capaz entre todos de sugerir qualquer maneira de explicar o que ocorrera.

Meu pai andou para lá e para cá no quarto, pensando. Vi os olhos de Carmilla o seguirem com uma expressão furtiva e sombria.

Depois de meu pai ter mandado os empregados saírem, mademoiselle ter ido em busca de um pequeno frasco de valeriana e sal de amônio e não haver ninguém no quarto com Carmilla, a não ser meu pai, Madame e eu, ele se aproximou dela, pensativo, tomou sua mão com muita delicadeza, levou-a até o sofá e se sentou ao lado dela.

— Você me perdoaria, minha cara, se eu arriscasse um palpite e fizesse uma pergunta?

— Quem teria mais direito? — ela disse. — Pergunte o que quiser e eu direi tudo. Mas a minha história é simplesmente de espanto e escuridão. Não sei de absolutamente nada. Faça a pergunta que quiser, mas o senhor sabe, é claro, as limitações que mamãe me colocou.

— Perfeitamente, querida menina. Eu não preciso tocar nos assuntos sobre os quais ela quer seu silêncio. Agora, o espanto da noite passada consiste em você ter sido retirada da sua cama e do seu quarto, sem ser acordada, e esse movimento aconteceu aparentemente enquanto as janelas ainda estavam fechadas e as duas portas, trancadas por dentro. Vou lhe contar minha teoria e fazer uma pergunta.

Carmilla estava apoiada na mão, desanimada; madame e eu estávamos ouvindo e prendendo a respiração.

— Agora, minha pergunta é esta. Já suspeitaram de que você seja sonâmbula?

— Nunca. Não desde que eu era muito pequena.

— Mas você era sonâmbula quando era pequena?

— Sim, eu sei que era. Minha antiga babá me disse isso várias vezes.

Meu pai sorriu e assentiu.

— Bem, eis o que aconteceu. Você se levantou enquanto dormia, destrancou a porta, sem deixar a chave, como sempre, na fechadura, mas tirando-a e trancando pelo lado de fora. Você tirou a chave de novo e a levou com você para algum dos 25 aposentos deste andar, ou talvez para o andar de cima ou o de baixo. Há tantos aposentos e armários, tanta mobília pesada e tanto acúmulo de trastes que seria necessária uma semana para procurarmos na velha casa toda. Você agora vê o que quero dizer?

— Sim, mas não tudo — ela respondeu.

— E como, papai, você explica ela ter se encontrado no sofá do quarto de vestir, que nós tínhamos vasculhado com tanto cuidado?

— Ela foi para lá depois de vocês terem olhado, ainda dormindo, e por fim acordou espontaneamente e ficou tão surpresa de se ver ali quanto qualquer um. Eu queria que todos os mistérios tivessem uma explicação tão fácil e inocente quanto o seu, Carmilla — ele disse, rindo. — E, assim, podemos nos orgulhar, na certeza de que a explicação mais natural do acontecimento é uma que não envolve drogas, nem fechaduras mexidas, nem ladrões, nem envenenadores, nem bruxas... Nada que precise deixar Carmilla, ou qualquer pessoa, assustada quanto à nossa segurança.

Carmilla estava encantadora. Nada poderia ser mais bonito do que a cor da sua pele. Sua beleza era, eu acho, aumentada por aquela graciosa languidez que lhe era peculiar. Acho que meu pai estava contrastando em silêncio o aspecto dela com o meu, pois ele disse:

– Queria que minha pobre Laura estivesse com sua aparência de sempre.

E ele suspirou.

Assim, nossas preocupações tiveram um final feliz, e Carmilla foi devolvida aos seus amigos.

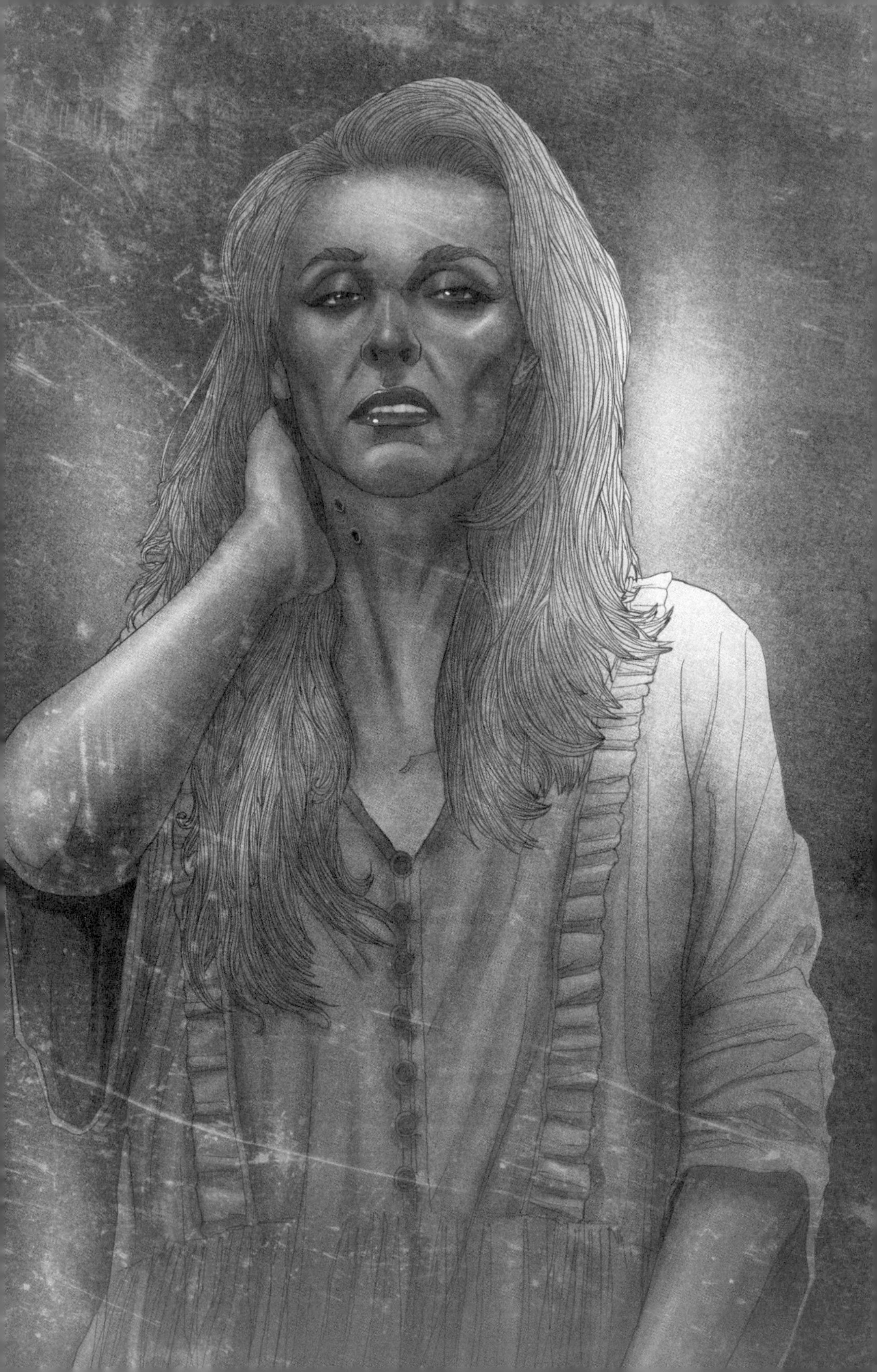

IX
O médico

Como Carmilla não admitia uma acompanhante dormindo em seu quarto, meu pai colocou um empregado para dormir do lado de fora, para ela não tentar fazer outra excursão como aquela sem ser impedida à sua própria porta.

Aquela noite seguiu calma; e, cedo na manhã seguinte, o médico, que meu pai mandara buscar sem me dizer nada, chegou para me ver.

Madame me acompanhou até a biblioteca; e, ali, o pequeno e sóbrio doutor, de cabelos brancos e óculos, que eu mencionei antes, estava esperando para me receber.

Contei a ele minha história e, conforme prosseguia, ele foi ficando mais e mais sério.

Estávamos em pé, ele e eu, no recuo de uma das janelas, um de frente para o outro. Quando meu relato acabou, ele se encostou com ombro contra a parede e os olhos intensamente fixos em mim, com um interesse no qual havia uma pitada de horror.

Depois de um minuto de reflexão, ele perguntou à madame se poderia ver meu pai.

Ele então foi chamado e, ao entrar, sorrindo, disse:

– Arrisco dizer, doutor, que você vai me falar que sou um velho tolo por tê-lo trazido aqui. E espero ser.

Mas o sorriso dele se transformou em uma sombra quando o doutor, com uma expressão muito séria, o chamou com um gesto.

Ele e o médico conversaram por algum tempo no mesmo recuo onde eu acabara de falar com o doutor. Pareceu uma conversa fervorosa e argumentativa. A sala era muito grande, e eu e madame ficamos juntas, queimando de curiosidade, no canto mais distante. Não conseguíamos ouvir uma só palavra no entanto, pois eles falavam em um tom muito baixo, e o recuo profundo da janela escondia bem o médico da nossa vista e quase ocultava meu pai, cujos pé, braço e ombro eram tudo que conseguíamos ver; e as vozes eram ainda menos audíveis, eu suponho, por conta da espécie de cubículo que a parede grossa e a janela formavam.

Depois de um tempo, o rosto de meu pai apareceu para dentro da sala; estava pálido, pensativo e, eu achei, agitado.

— Laura, querida, venha aqui por um instante. Madame, o médico diz que não vamos incomodá-la por ora.

Eu obedeci e me aproximei, pela primeira vez um pouco assustada; pois, embora me sentisse muito fraca, não me sentia doente; e a força, nós sempre achamos, é algo que pode ser conseguido quando quisermos.

Meu pai estendeu a mão para mim, conforme me aproximei, mas estava olhando para o médico e disse:

— Com certeza é muito estranho. Não entendo bem. Laura, venha aqui, querida. Agora, preste atenção no doutor Spielsberg e lembre o que aconteceu.

— Você mencionou uma sensação como duas agulhas furando a pele, em alguma parte perto do pescoço, na noite em que teve o seu primeiro sonho horrível. Ainda sente alguma dor?

— Nenhuma — respondi.

— Pode indicar com o dedo o lugar onde acha que foi?

— Um pouquinho abaixo da garganta... aqui — falei.

Eu estava usando um vestido simples, que cobria o lugar para onde eu apontava.

— Agora, você poderá ver — disse o médico. — Não vai se importar se o seu pai baixar seu vestido só um pouquinho? É necessário, para detectar um sintoma da doença da qual você vem sofrendo.

Eu aquiesci. Eram apenas uns três ou cinco centímetros abaixo do limite da minha gola.

— Por Deus! Aí está — exclamou meu pai, ficando mais pálido.

— Você viu com seus próprios olhos — disse o doutor, com um triste triunfo.

— O que é? — eu perguntei ansiosa, começando a ter medo.

— Nada, minha cara jovem, além de um pequeno ponto azul com mais ou menos o tamanho da ponta do seu dedo menor. E, agora — ele continuou, virando-se para papai —, a pergunta é: o que é melhor fazer?

— Existe algum perigo? — insisti, muito nervosa.

— Acredito que não, minha querida — respondeu o médico. — Não vejo por que você não se recuperaria. Não vejo por que você não começaria a melhorar imediatamente. Esse é o ponto onde a sensação de estrangulamento começa?

— Sim — respondi.

— E... lembre-se o melhor que puder... o mesmo ponto foi uma espécie de centro para aquela agitação que você descreveu agora há pouco, como a corrente de um riacho frio indo contra você?

— Pode ter sido. Acho que foi.

— Então, você viu? — ele acrescentou, virando-se para o meu pai. — Devo falar com a madame?

— Com certeza — disse meu pai.

Ele chamou a madame para perto de si e disse:

— Vejo que minha jovem amiga aqui está longe de estar bem. Não vai ser um grande problema, eu espero. Mas será necessário tomar algumas medidas, que eu explicarei ao longo do tempo. Mas, por enquanto, madame, faça a gentileza de não deixar a senhorita Laura sozinha nem por um instante. Essa é a única orientação que preciso dar no momento. É indispensável.

– Podemos contar com a sua bondade, madame, eu sei – acrescentou meu pai.

Madame confirmou, ávida.

– E você, querida Laura, sei que vai obedecer à orientação do doutor. Devo pedir sua opinião sobre outra paciente, cujos sintomas se parecem um pouco com os da minha filha, que acabaram de ser detalhados para você... em um grau muito mais suave, mas acredito que do mesmo tipo. É uma jovem dama, nossa hóspede. Mas, como você disse que vai passar nesta direção de novo no começo da noite, seria ótimo jantar aqui, e poderá vê-la. Ela não desce pela manhã.

– Eu agradeço – disse o médico. – Estarei com vocês, então, por volta das sete esta noite.

Eles repetiram as orientações para mim e para madame e, com essas recomendações de despedida, meu pai nos deixou e saiu com o doutor; e eu os vi juntos, andando de um lado para o outro entre a estrada e o fosso, na plataforma gramada em frente ao castelo, evidentemente absortos em uma conversa intensa.

O médico não voltou. Eu o vi montar no cavalo ali, partir e seguir para o leste em meio à floresta.

Quase ao mesmo tempo, vi um homem chegar de Dranfield com a correspondência, desmontar e entregar o malote para o meu pai.

No meio-tempo, madame e eu estávamos ocupadas, perdidas em conjecturas quanto aos motivos de uma orientação tão estranha e determinada que o médico e meu pai tinham concordado em impor. Madame, como me contou depois, tinha receio de que o doutor temesse uma convulsão repentina e que, sem ajuda imediata, eu pudesse perder a vida em um ataque ou, pelo menos, ficar gravemente ferida.

Essa interpretação não me afetou; e eu imaginava, talvez por sorte para os meus nervos, que aquele arranjo fosse prescrito simplesmente a fim de garantir uma companhia para me impedir de me exercitar demais, ou comer frutas sem estarem maduras, ou fazer qualquer das cinquenta tolices para as quais os jovens supostamente têm tendência.

Cerca de meia hora depois, meu pai entrou – ele tinha uma carta nas mãos – e disse:

– Esta carta está atrasada, é do general Spielsdorf. Ele poderia ter chegado aqui ontem, talvez não chegue até amanhã, ou pode chegar hoje.

Ele colocou a carta aberta nas minhas mãos; mas não parecia feliz, como costumava ficar quando um hóspede, em especial um tão adorado quanto o general, estava vindo.

Pelo contrário, parecia querer que o general estivesse no fundo do Mar Vermelho. Estava claro que havia algo em seus pensamentos que ele não quis compartilhar.

– Papai querido, pode me dizer uma coisa? – eu perguntei, colocando de repente a mão no braço dele e olhando, tenho certeza, com uma expressão de súplica para o seu rosto.

— Talvez — ele respondeu, alisando carinhosamente os cabelos da minha franja.

— O doutor acha que eu estou muito doente?

— Não, querida. Ele acha que, se as medidas certas forem tomadas, você ficará muito bem novamente. Pelo menos, no caminho certo de uma recuperação completa em um ou dois dias — ele falou, um pouco seco. — Queria que nosso bom amigo, o general, tivesse escolhido qualquer outro momento. Quero dizer, eu gostaria que você estivesse perfeitamente bem para recebê-lo.

— Mas, me conte, papai — insisti —, o que ele acha que é o meu problema?

— Nada. Você não deve me atormentar com perguntas — ele respondeu, com mais irritação do que me lembro de ele já ter mostrado antes.

E, ao ver como eu parecia magoada, imagino, ele me beijou e acrescentou:

— Você saberá de tudo em um ou dois dias. Digo, tudo o que eu sei. Neste meio-tempo, não perturbe sua cabeça com isso.

Ele se virou e saiu da sala, mas voltou antes de eu ter ponderado ou me questionado sobre a estranheza de tudo aquilo; apenas para dizer que estava indo a Karnstein e tinha mandado a carruagem estar pronta ao meio-dia, e que eu deveria acompanhá-lo. Ele iria ver o padre que morava perto daquele lugar pitoresco, a negócios, e, como Carmilla nunca vira o local, ela deveria ir depois, quando descesse, com a madame, que traria o necessário para o que vocês chamam de piquenique, o qual poderia ser montado para nós no castelo em ruínas.

Dessa forma, ao meio-dia, eu estava pronta e, pouco tempo depois, meu pai e eu partimos na viagem programada.

Depois de passarmos a ponte levadiça, viramos à direita e seguimos a estrada por cima da íngreme ponte gótica, em direção a oeste, para chegarmos à vila deserta e ao castelo em ruínas de Karnstein.

Nenhuma jornada pela floresta pode ser considerada mais bonita. O chão se quebra em delicadas colinas e vales, todos cobertos por lindos bosques, completamente destituídos da comparativa formalidade que a plantação artificial e as plantas recém-brotadas e a poda transmitem.

As irregularidades do terreno com frequência tiravam a estrada do curso e a faziam serpentear lindamente pelas laterais de vales desnivelados e as encostas íngremes das colinas, em meio a variedades de solo quase inesgotáveis.

Ao virarmos em um desses pontos, de repente encontramos nosso velho amigo, o general, vindo a cavalo em nossa direção, acompanhado por um empregado também a cavalo. Sua bagagem o seguia em uma carreta de aluguel, que é como chamamos uma carroça.

O general desmontou quando paramos e, depois dos cumprimentos de sempre, foi facilmente persuadido a aceitar o lugar vago na carruagem e mandar o cavalo com o empregado para o castelo.

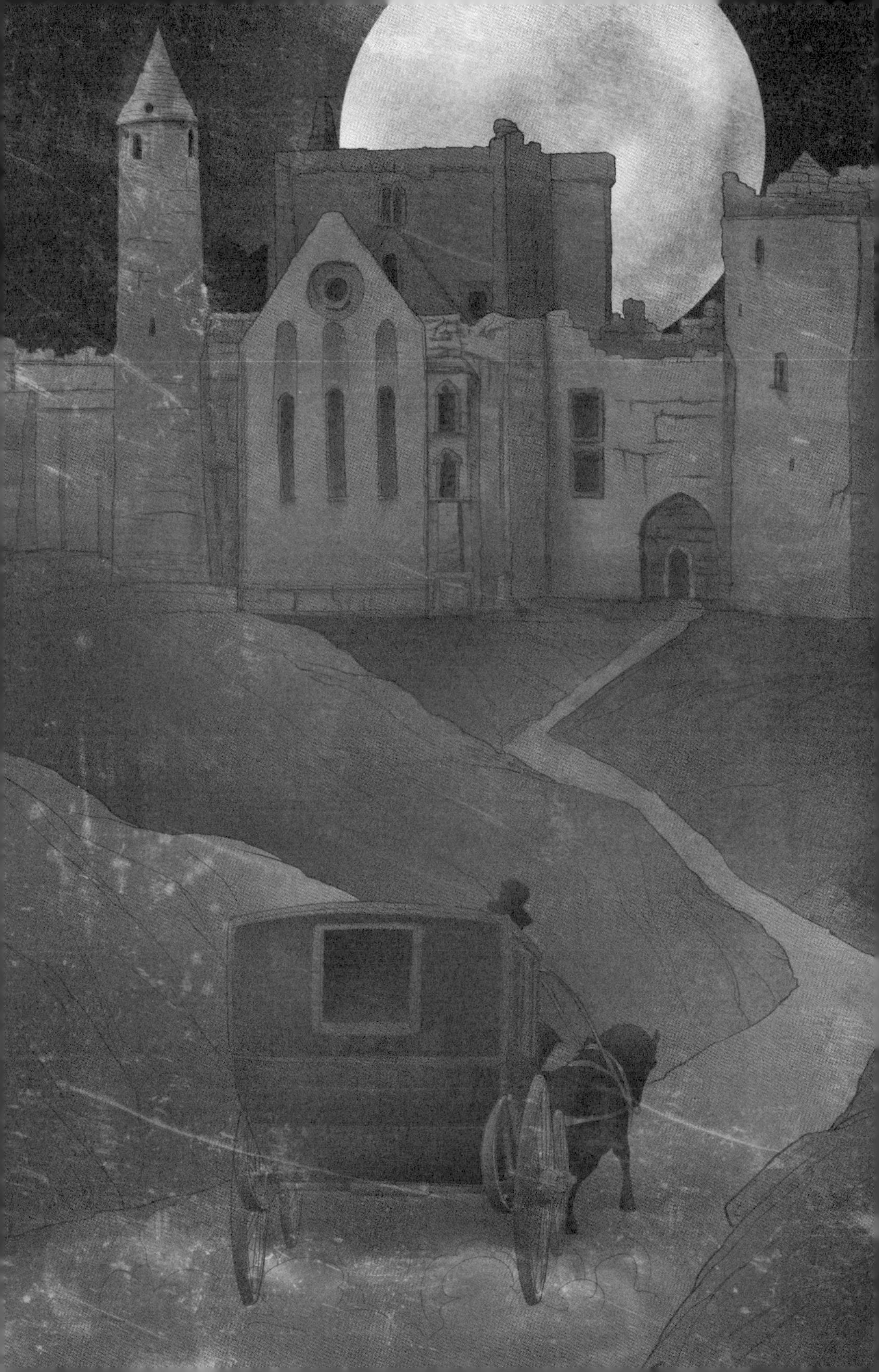

X
De luto

Fazia cerca de dez meses que não o víamos, mas aquele tempo fora suficiente para fazer uma alteração de anos em sua aparência. Ele emagrecera; algo de tristeza e ansiedade ocupara o lugar daquela serenidade cordial que costumava caracterizar sua expressão. Seus olhos azul-escuros, sempre penetrantes, agora brilhavam com uma luz mais severa abaixo de suas sobrancelhas grisalhas e desarrumadas. Era uma mudança como somente o luto costuma induzir, e emoções mais furiosas pareciam ter tido sua porção de culpa em causá-la.

Tínhamos retomado a viagem havia pouco tempo quando o general começou a falar, com seu costumeiro jeito direto de soldado, da desolação, como ele chamava, que tinha sofrido na morte da sua amada sobrinha e protegida; e, então, ele começou um discurso em um tom de amargura e fúria intensas, atacando as "artes malignas" das quais ela fora vítima e expressando, com mais exasperação do que piedade, sua surpresa pelos Céus tolerarem uma entrega tão monstruosa à luxúria e à maldade do inferno.

Meu pai, que viu imediatamente que algo muito extraordinário tinha acontecido, pediu que, se não fosse doloroso demais, ele detalhasse as circunstâncias que pensava justificarem as palavras pesadas nas quais se expressava.

— Eu contaria a todos vocês com prazer — disse o general —, mas vocês não acreditariam em mim.

— Por que eu não acreditaria? — ele perguntou.

— Porque — respondeu o general, impaciente — você não acredita em nada além do que está de acordo com seus próprios preconceitos e ilusões. Lembro-me de quando eu era como você, mas agora tenho mais experiência.

— Pode me testar — disse meu pai. — Não sou tão dogmático quanto acha. Além disso, sei muito bem que você, em geral, precisa de provas para acreditar e estou, assim, muitíssimo predisposto a respeitar suas conclusões.

— Você está certo em supor que eu não fui levado levianamente a uma crença no fantástico... pois o que eu vivi foi fantástico... e fui forçado por evidências extraordinárias a dar crédito para aquilo que vai contra, diametralmente, todas as minhas teorias. Fui enganado por uma conspiração sobrenatural.

Apesar de sua declaração de confiança na percepção do general, vi meu pai, a essa altura, olhar para o amigo com, pelo que pensei, uma dúvida evidente de sua sanidade.

O general não viu, por sorte. Ele estava olhando com tristeza e curiosidade para as clareiras e vistas dos bosques que se abriam diante de nós.

—Você está indo para as ruínas de Karnstein? – perguntou. – Sim, é uma coincidência fortuita. Sabe que eu iria lhe pedir para me trazer aqui para inspecioná-las? Tenho um objetivo em especial na exploração. Há uma capela em ruínas, não há, com uma enorme quantidade de tumbas daquela extinta família?

– Há sim… extremamente interessante – falou meu pai. – Espero que você esteja pensando em reivindicar o título e a propriedade.

Meu pai disse isso com alegria, mas o general não respondeu à risada, nem mesmo ao sorriso, com a concordância cortês para a piada de um amigo; pelo contrário, ele pareceu sério e até raivoso, ruminando um assunto que provocava sua ira e terror.

—Algo bem diferente – ele disse, rouco. – Tenho a intenção de desenterrar algumas daquelas elegantes pessoas. Eu espero, com a bênção de Deus, cumprir um sacrilégio piedoso ali, que aliviará nosso planeta de certos monstros e permitirá que pessoas honestas durmam em suas camas sem serem atacadas por assassinos. Tenho coisas estranhas a lhe contar, meu querido amigo, do tipo que eu mesmo teria julgado incríveis há alguns meses.

Meu pai olhou para ele de novo, mas, dessa vez, não com uma expressão de dúvida... Em vez disso, com um olhar de conhecimento afiado e preocupação.

– A casa de Karnstein – ele disse – foi extinta há muito tempo, há pelo menos cem anos. Minha querida esposa era descendente dos Karnstein por parte de mãe. Mas o nome e o título deixaram de existir há muito. O castelo é uma ruína, a própria vila está deserta. Faz cinquenta anos desde que a fumaça de uma chaminé foi vista ali. Não sobrou nenhum telhado.

– É bem verdade. Ouvi muito a respeito disso desde nosso último encontro. Muitas coisas vão deixá-lo pasmo. Mas é melhor eu contar tudo na ordem em que aconteceu – disse o general. – Você viu minha querida protegida... minha filha, posso chamá-la assim. Nenhuma criatura poderia ter sido mais bonita e, apenas três meses atrás, mais saudável e viçosa.

– Sim, pobrezinha! Quando a vi pela última vez, ela com certeza estava adorável – comentou meu pai. – Fiquei mais triste e chocado do que consigo descrever, meu querido amigo. Sei que golpe duro foi para você.

Ele pegou a mão de general e eles trocaram um aperto gentil. Lágrimas se formaram nos olhos do velho soldado. Ele não tentou escondê-las. Disse:

– Somos amigos há muito tempo. Sabia que você ficaria triste por mim, sem filha como estou. Ela tinha se tornado objeto de grande interesse para mim e recompensava meu carinho com uma afeição que alegrava minha casa e deixava minha vida feliz. Tudo isso se foi. Os anos que me restam na

Terra podem não ser muito longos, mas, com a misericórdia de Deus, pretendo fazer um serviço para a humanidade antes de morrer e ajudar na vingança dos Céus sobre os inimigos que mataram minha pobre menina na primavera das suas esperanças e da sua beleza!

– Você disse, agora há pouco, que queria relatar tudo como tinha acontecido – falou meu pai. – Por favor, conte-nos. Eu garanto que não é mera curiosidade que me instiga.

Àquela altura, tínhamos chegado ao ponto onde a estrada de Drunstall, de onde o general viera, desvia da estrada por onde viajávamos em direção a Karnstein.

– A que distância estão as ruínas? – questionou o general, olhando com ansiedade para a frente.

– Cerca de três quilômetros – respondeu meu pai. – Por favor, deixe-nos ouvir a história que você bondosamente nos prometeu.

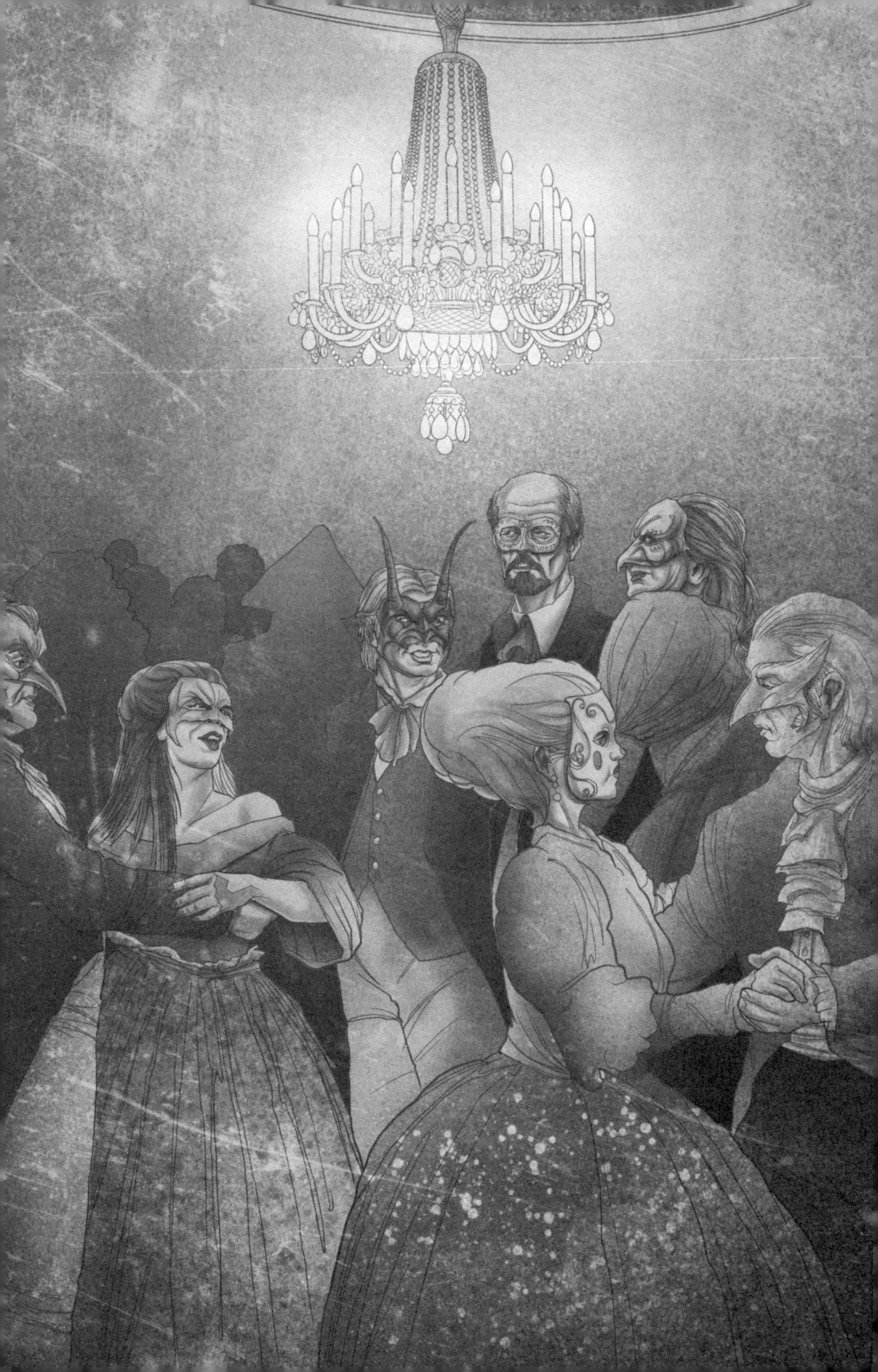

XI

A história

— De todo o meu coração — disse o general com esforço.

E, depois de uma curta pausa para organizar o assunto, ele começou uma das narrativas mais estranhas que já ouvi.

— Minha querida menina estava ansiosa e muito alegre com a visita à sua encantadora filha, que você havia sido tão bondoso em organizar para ela.

Nesse ponto, ele me fez uma galante, mas melancólica reverência.

— Nesse meio-tempo, tínhamos um convite para vermos meu velho amigo, o conde Carlsfeld, cujo castelo fica a cerca de

33 quilômetros para o outro lado de Karnstein. Era para participarmos de uma série de festas que, você se lembra, foram dadas por ele em homenagem ao seu ilustre visitante, o grão-duque Charles.

– Sim. E acredito que tenham sido esplêndidas – comentou meu pai.

– Dignas de príncipes! Ora, a forma como ele recebe hóspedes é bastante régia. Ele tem a lâmpada de Aladdin. A noite da qual data minha tristeza foi dedicada a um magnífico baile de máscaras. O terreno foi aberto, as árvores tinham lampiões coloridos. Houve uma apresentação de fogos de artifício do tipo que nem Paris já viu. E músicas... A música, você sabe, é minha fraqueza... Músicas tão arrebatadoras! A melhor orquestra, talvez, do mundo, e os melhores cantores trazidos das maiores óperas da Europa. Conforme se andava por aqueles pátios fantasticamente iluminados, o castelo banhado de luar lançando uma luz rosada de suas longas fileiras de janelas, de repente se ouviam essas vozes arrebatadoras saindo furtivas do silêncio de algum bosque ou subindo de barcos no lago. Eu me senti, enquanto olhava e ouvia, levado de volta ao romance e à poesia do início da minha juventude.

"Quando os fogos de artifício acabaram e o baile estava começando, voltamos ao conjunto de nobres salões que foram abertos para a dança. Um baile de máscaras, você sabe, é lindo de ver. Mas um espetáculo como aquele, tão fantástico, eu nunca vira antes.

"Era uma reunião bastante aristocrática. Eu era quase o único 'ninguém' presente.

"Minha querida menina estava muito bonita. Ela não usava máscara. Sua animação e deleite acrescentavam um charme indescritível aos seus traços, sempre adoráveis. Reparei em uma jovem dama, magnificamente vestida, mas usando máscara, que me parecia estar observando minha protegida com um interesse extraordinário. Eu a tinha visto, mais cedo naquela noite, no grande salão e, mais uma vez, por alguns minutos, andando perto de nós no terraço abaixo das janelas do castelo, também a observando. Uma dama, também mascarada, vestida com opulência e seriedade e com um ar imponente, como uma pessoa de alta classe, era sua acompanhante.

"Se a jovem não estivesse de máscara, eu poderia, é claro, ter tido mais certeza de que ela estava realmente observando minha pobre e querida menina.

"Agora estou seguro de que sim.

"Estávamos então em um dos salões. Minha pobre e querida menina estivera dançando e descansava um pouco em uma das cadeiras perto da porta; eu estava em pé perto dela. As duas damas que mencionei haviam se aproximado, e a mais nova sentou-se na cadeira ao lado da minha protegida, enquanto sua companheira ficou em pé ao meu lado e, por um curto tempo, conversou em voz baixa com a menina de quem cuidava.

"Tirando proveito do privilégio da máscara, ela se virou para mim e, com o tom de uma velha amiga e me chamando pelo nome, começou a conversar comigo, o que atiçou bastante minha curiosidade. Ela se referiu a muitos momentos em que me encontrara… Na corte e em casas da alta sociedade. Ela aludiu a pequenos incidentes nos quais eu deixara de pensar havia muito tempo, mas que, descobri, tinham apenas ficado latentes na minha memória, pois eles imediatamente voltaram à vida com o toque dela.

"Fiquei mais e mais curioso, a cada instante, para determinar quem ela era. Ela evadiu minhas tentativas de descoberta hábil e agradavelmente. O conhecimento que mostrava sobre muitas passagens da minha vida me parecia inexplicável; ela parecia sentir um prazer não incomum em frustrar minha curiosidade e me ver debatendo-me em minha ansiosa perplexidade, de uma conjectura para outra.

"Nesse meio-tempo, a jovem dama, que a mãe chamou pelo estranho nome de Millarca quando se dirigiu a ela uma ou duas vezes, tinha, com a mesma facilidade e graça, começado a conversar com a minha protegida.

"Ela se apresentou dizendo que a mãe era uma velha conhecida minha. Falou da agradável audácia que uma máscara possibilita, conversou como uma amiga, admirou o vestido da minha menina e insinuou de um jeito muito bonito sua admiração por sua beleza. Ela a entreteu com críticas risonhas sobre as pessoas que lotavam o salão de baile e riu do divertimento da minha pobre menina. Era muito inteligente e animada quando queria e, depois de um tempo, as duas haviam ficado muito amigas, e a jovem desconhecida baixou a máscara, mostrando um rosto extraordinariamente belo. Eu nunca o vira antes, nem minha querida menina. Porém, embora fossem novos para nós, os traços eram tão envolventes, e também tão adoráveis, que era impossível não sentir a forte atração. Minha pobre menina sentiu. Nunca vi ninguém tão fascinada com outra pessoa à primeira vista, a não ser, de fato, a própria desconhecida, que parecia ter entregado o coração a ela.

"Nesse meio-tempo, valendo-me da licença de um baile de máscaras, fiz várias perguntas à dama mais velha.

"'Você me deixou totalmente confuso', falei, rindo. 'Isso não é suficiente? Não poderia agora permitir que ficássemos em pé de igualdade e me fazer a gentileza de tirar a máscara?'

"'Poderia algum pedido ser mais injustificável?', ela respondeu. 'Pedir a uma dama para abrir mão de uma vantagem! Além disso, como sabe que me reconheceria? Os anos fazem mudanças.'

"'Como você pode ver', eu disse, com uma reverência e, imagino, uma risadinha bem melancólica.

"'Como os filósofos nos dizem', ela falou. 'E como sabe que ver meu rosto vai ajudá-lo?'

"'Eu gostaria de arriscar', respondi. 'É inútil tentar se dizer uma mulher de idade, seu corpo a entrega.'

"'Anos, no entanto, se passaram desde que eu o vi. Ou melhor, desde que você me viu, pois isso é o que eu estou considerando. Millarca, ali, é minha filha. Não posso, então, ser jovem, mesmo na opinião de uma pessoa que o tempo ensinou a ser indulgente, e eu posso não gostar de ser comparada com o que você se lembra de mim. Você não tem máscara para tirar. Não pode me oferecer nada em troca.'

"'Meu pedido é pela sua piedade, para tirar a máscara.'

"'E o meu é pela sua, para deixá-la ficar onde está', ela respondeu.

"'Bem, então, pelo menos você vai me dizer se é francesa ou alemã. Você fala os dois idiomas com tanta perfeição.'

"'Acho que não vou lhe dizer isso, general. Você planeja uma surpresa e está ponderando o ponto exato de ataque.'

"'De toda forma, você não vai negar isto', falei. 'Que, tendo a honra da sua permissão para conversarmos, eu deva saber como me dirigir a você. Devo dizer madame condessa?'

"Ela riu e iria, sem dúvida, ter reagido com outra evasiva… Se, de fato, eu puder tratar qualquer ocorrência em uma conversa cuja toda circunstância foi pré-planejada com a mais profunda astúcia – como eu agora acho – como passível de ser modificada por acidente.

"'Quanto a isso', ela começou a dizer, mas foi interrompida, quase ao abrir os lábios, por um cavalheiro, vestido de preto, que parecia especialmente elegante e distinto, com uma desvantagem: seu rosto era da palidez mais mortal que eu já vira, exceto na morte.

"Ele não usava máscara, vestia a casaca comum de um cavalheiro e disse, sem sorrir, mas com uma grande, cortês e incomum reverência:

"'A madame condessa me permitiria dizer algumas poucas palavras que possam ser de seu interesse?'

"A dama se virou depressa para ele e tocou os lábios em um sinal de silêncio; ela depois me disse:

"'Guarde meu lugar para mim, general. Voltarei depois de dizer algumas palavras.'

"E, com essa ordem, dada de forma divertida, ela se afastou um pouco com o cavalheiro de preto e conversou por alguns minutos, aparentemente com muita intensidade. Eles depois saíram andando devagar no meio da multidão, e eu deixei de vê-los por alguns minutos.

"Passei esse intervalo forçando meu cérebro em busca de uma hipótese para a identidade da dama que parecia se lembrar de mim, tão gentilmente, e estava pensando em me virar e participar da conversa entre minha bela protegida e a filha da condessa, tentando, quando ela voltasse, talvez ter uma surpresa guardada, sabendo seu nome, título, castelo e propriedades na ponta da língua. Porém, nesse momento ela retornou, acompanhada do homem pálido vestido de preto, que disse:

"'Voltarei e informarei à madame condessa quando sua carruagem estiver na porta.'

"Ele se retirou com uma reverência."

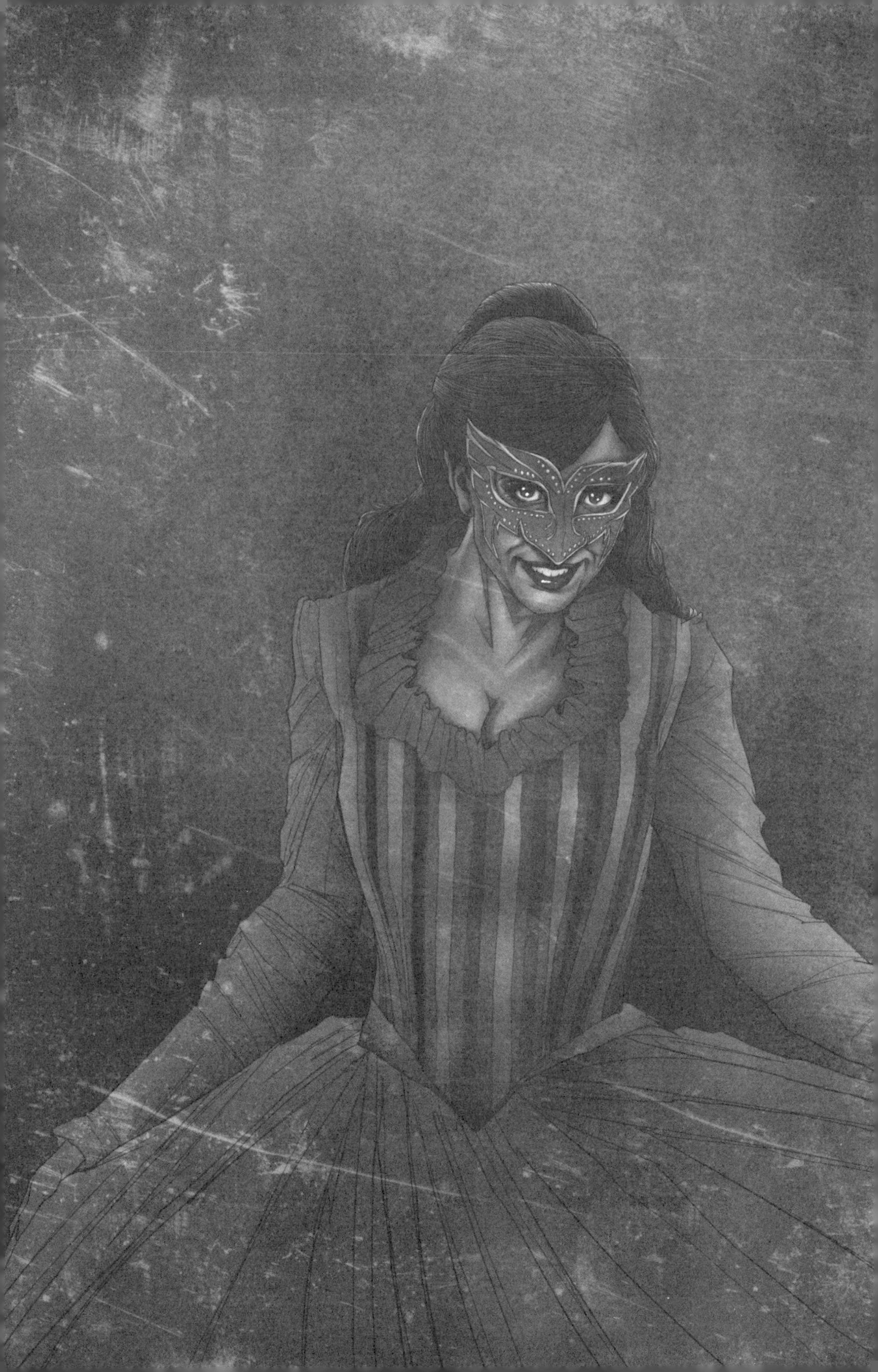

XII
Um pedido

"'Então vamos perder a madame condessa, mas espero que por apenas algumas horas', falei, com uma grande reverência.

"'Talvez seja só isso, ou pode levar algumas semanas. Foi muito azar ele falar comigo justo agora. Você sabe quem sou?'

"Garanti a ela que não sabia.

"'Você saberá', ela me disse, 'mas não agora. Somos amigos melhores e mais antigos do que, talvez, você suspeite. Ainda não posso me revelar. Em três semanas passarei pelo seu lindo castelo, sobre o qual eu venho fazendo perguntas. Eu vou visitá-lo por uma ou duas horas e recuperar uma amizade na qual nunca penso sem mil lembranças agradáveis. Neste momento, uma notícia chegou até mim como um raio. Devo partir agora e viajar por uma rota secundária por quase 160 quilômetros, com toda a rapidez possível. Minha perplexidade aumenta. Sou apenas detida pela reserva obrigatória que sigo por conta do meu nome de fazer um pedido muito peculiar a você. Minha pobre filha ainda não recuperou por completo as forças. Seu cavalo caiu com ela em uma caçada que ela fora assistir, seus nervos ainda não se recuperaram do choque e nosso médico disse que ela não deve de forma alguma se esforçar por algum tempo. Viemos até aqui, por conta disso, em etapas muito tranquilas… quase não chegávamos a 33 quilômetros por dia. Agora preciso viajar noite e dia, em uma missão de vida ou morte… Uma missão cuja natureza essencial e significativa poderei lhe explicar quando nos encontrarmos, como espero que aconteça, em algumas semanas, sem a necessidade de nenhum segredo.'

"Ela prosseguiu fazendo seu pedido, e foi no tom de uma pessoa para quem tal súplica era mais uma concessão do que um favor.

"Refiro-me ao seu comportamento, que me pareceu algo inconsciente para ela. Nada poderia ser mais humilde do que os termos em que o pedido foi expresso. Era simplesmente que eu concordasse em tomar conta da filha dela durante sua ausência.

"Aquilo era, se considerarmos a situação toda, um pedido estranho, para não dizer audacioso. Ela de alguma forma me desarmou ao declarar e admitir tudo o que poderia ser argumentado em contrário e jogar-se inteiramente à mercê do meu cavalheirismo. No mesmo momento, por uma fatalidade que parece ter predeterminado tudo o que aconteceu, minha pobre menina veio ao meu lado e, em voz baixa, suplicou que eu convidasse sua nova amiga, Millarca, para nos visitar. Ela a estivera sondando e pensava que, se a mãe permitisse, a nova amiga gostaria muitíssimo de ir.

"Em outra situação, eu lhe teria dito para esperar um pouco, até, pelo menos, sabermos quem elas eram. Mas eu não tive um instante para pensar. As duas damas me atacaram juntas, e devo confessar que o rosto refinado e belo da jovem, no qual havia algo extremamente envolvente, assim como a elegância e o fato de pertencer a uma família de alta classe, tomaram minha decisão; e, sem poder negar, eu cedi e assumi com muita facilidade os cuidados da jovem dama, que a mãe chamava de Millarca.

"A condessa fez um gesto chamando a filha, que ouviu com seriedade e atenção enquanto ela contava, em termos gerais, quão repentina e categoricamente fora convocada e também o acordo que fizera para a filha sob meus cuidados, acrescentando que eu era um dos seus amigos mais antigos e estimados.

"Eu fiz, é claro, os discursos que o caso parecia exigir e me vi, quando penso nisso, em uma posição da qual não gostei muito.

"O cavalheiro de preto voltou e, com muita cerimônia, conduziu a dama para fora do salão.

"O comportamento daquele cavalheiro era tal que me impressionou com a convicção de que a condessa era uma senhora de muito mais importância do que seu modesto título sozinho poderia ter me levado a supor.

"Sua última incumbência para mim foi a de que nenhuma tentativa deveria ser feita para saber mais sobre ela do que eu já pudesse ter adivinhado, até sua volta. Nosso distinto anfitrião, do qual ela era convidada, sabia os motivos.

"'Mas aqui', ela disse, 'nem eu nem minha filha poderíamos permanecer em segurança por mais de um dia. Tirei minha máscara imprudentemente por uns instantes, há cerca de uma hora, e, tarde demais, pensei que você pudesse ter me visto. Então resolvi buscar uma oportunidade de falar um pouco com você. Se tivesse me visto, eu teria me colocado à mercê do seu grande senso de honra para manter meu segredo por algumas semanas. No fim das contas, estou satisfeita por você não ter me visto. Mas, se suspeita ou se, refletindo, vier a suspeitar quem eu sou, eu me entrego da mesma forma, inteiramente à sua honra. Minha filha manterá o segredo como eu, e sei muito bem que você vai, de tempos em tempos, lembrá-la disso, caso ela o revele sem pensar.

"Ela sussurrou algumas palavras para a filha, beijou-a duas vezes depressa, e partiu, acompanhada pelo cavalheiro pálido vestido de preto, e desapareceu na multidão.

"'No salão ao lado', disse Millarca, 'há uma janela com vista para a porta do *hall*. Eu gostaria de ver a mamãe uma última vez e mandar um beijo para ela.'

"Nós assentimos, é claro, e a acompanhamos até a janela. Olhamos para fora e vimos uma carruagem bonita e antiga, com uma tropa de ajudantes e lacaios. Vimos a figura esbelta do cavalheiro pálido vestido de preto enquanto ele segurava uma grossa capa de veludo, a colocava sobre os ombros da dama e jogava o capuz sobre a cabeça dela. Ela assentiu para ele e apenas tocou sua mão na dele. Ele fez grandes reverências seguidas enquanto a porta era fechada e a carruagem começou a andar.

"'Ela se foi', disse Millarca com um suspiro.

"'Ela se foi', repeti para mim mesmo, pela primeira vez (nos corridos instantes que haviam se passado desde o meu consentimento) ponderando a tolice da minha atitude.

"'Ela não olhou para cima', disse a jovem dama, triste.

"'Talvez a condessa tivesse tirado a máscara e não quisesse mostrar o rosto', falei. 'E ela não tinha como saber que você estava à janela.'

"Ela suspirou e me olhou. Era tão bonita que eu abrandei. Senti-me mal de ter, por um instante, me arrependido de minha hospitalidade e decidi compensá-la pela secreta grosseria do meu acolhimento.

"A jovem dama, recolocando a máscara, juntou-se à minha protegida para me persuadir a voltar ao lado externo, onde o concerto logo reiniciaria. Nós saímos e andamos de lá para cá no terraço que fica embaixo das janelas do castelo.

"Millarca ficou muito íntima de nós e nos divertiu com descrições e histórias animadas da maioria das pessoas importantes que vimos no terraço. Eu gostei dela mais e mais a cada minuto. Sua fofoca, sem ser maldosa, era extremamente divertida para mim, eu que estive tanto tempo fora do grande mundo. Pensei na vida que ela traria às nossas noites às vezes solitárias em casa.

"Aquele baile não acabou antes de o sol da manhã ter quase chegado ao horizonte. O grão-duque gostava de dançar até essa hora e, assim, as pessoas leais não podiam ir embora nem pensar em dormir.

"Tínhamos acabado de passar por um salão lotado quando minha protegida me perguntou onde estava Millarca. Pensei que estivesse ao lado dela e ela pensou que estivesse comigo. O fato era que a havíamos perdido.

"Todos os meus esforços para encontrá-la foram em vão. Temi que ela tivesse confundido, ao separar-se momentaneamente de nós, outras pessoas com seus novos amigos e houvesse possivelmente as seguido e as perdido no enorme terreno que estava aberto para nós.

"Naquele momento, com força total, reconheci mais uma tolice em ter assumido a responsabilidade por uma jovem dama sem nem sequer saber seu nome; e preso como eu estava pelas promessas, de cujos motivos para terem sido impostas eu não sabia nada, não podia nem direcionar minha investigação dizendo que a jovem dama perdida era filha da condessa que havia partido algumas horas antes.

"A manhã chegou. O dia estava claro quando desisti da busca. Já eram duas horas do dia seguinte quando tivemos notícia da menina perdida sob minha responsabilidade.

"Mais ou menos nessa hora, um empregado bateu à porta da minha sobrinha para dizer que ele recebera o pedido determinado de uma jovem dama, que parecia muito angustiada, de descobrir onde ela poderia achar o General Barão Spielsdorf e a jovem dama, sua filha, sob os cuidados de quem ela fora deixada pela mãe.

"Não havia dúvida, apesar da pequena imprecisão, de que nossa jovem amiga havia aparecido; e era ela. Quisera Deus que a tivéssemos perdido!

"Ela contou à minha pobre menina uma história para explicar por que não conseguira nos achar por tanto tempo. Muito tarde, ela disse, ela chegara ao quarto da governanta, desesperada para nos encontrar, e caíra em um sono profundo que, apesar de tão longo, mal fora suficiente para revigorar suas forças depois da fadiga do baile.

"Naquele dia, Millarca foi para casa conosco. Eu estava muito feliz, no fim das contas, por ter garantido uma companhia tão encantadora para minha querida menina."

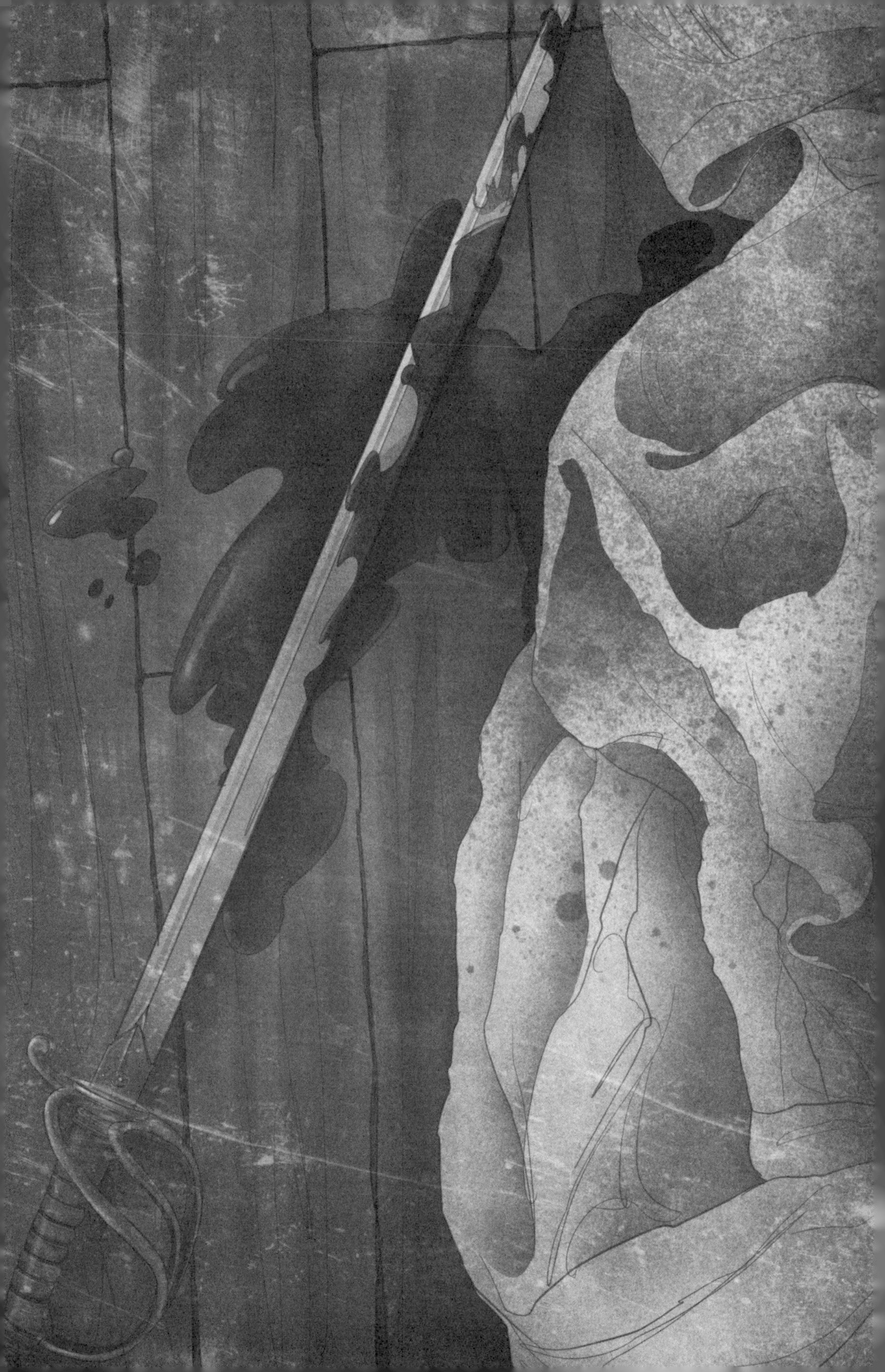

XIII
O lenhador

"Logo, entretanto, apareceram alguns obstáculos. Em primeiro lugar, Millarca sofria de uma languidez extrema – a fraqueza que permanecera após sua última doença – e nunca saía do quarto até a tarde estar bem avançada. Em segundo lugar, descobrimos por acidente, embora ela sempre trancasse a porta pelo lado de dentro e nunca tirasse a chave do lugar até deixar entrar a empregada para ajudá-la a se arrumar, que ela sem dúvida se ausentava às vezes do seu quarto de manhã muito cedo e em vários momentos mais tarde, antes que quisesse que percebêssemos que ela estava acordada. Ela foi várias vezes vista das janelas do castelo, na primeira e vaga luz da manhã, andando entre as árvores em direção a leste e parecendo estar em transe. Isso me convenceu de que ela era sonâmbula. Mas essa hipótese não resolveu todas as dúvidas. Como ela saía do quarto, deixando a porta trancada por dentro? Como ela escapava da casa sem tirar as barras das portas ou janelas?

"Em meio à névoa da minha confusão, uma ansiedade muito mais urgente apareceu.

"Minha querida menina começou a perder a beleza e a saúde, e isso de uma forma tão misteriosa, e até horrível, que eu fiquei totalmente assustado.

"Primeiro, ela recebeu a visita de sonhos aterrorizantes; depois, ela acreditava em uma aparição, às vezes parecida com Millarca, às vezes na forma de um animal, vista claramente andando ao pé da sua cama de um lado para o outro.

"Por fim, vieram as sensações. Uma não desagradável, mas muito peculiar, ela disse, parecida com a corrente de um riacho gelado contra seu peito. Mais tarde, ela sentiu algo como um par de agulhas grandes a furá-la abaixo da garganta, com uma dor muito aguda. Algumas noites depois, seguiu-se uma sensação gradual e convulsiva de estrangulamento; então veio a perda de consciência."

Eu conseguia ouvir com clareza cada palavra que o velho e gentil general dizia porque, àquela altura, estávamos passando por cima da grama curta que se espalha de cada lado da estrada conforme aproximava-se a vila sem telhados que não exibia a fumaça de uma chaminé havia mais de meio século.

Você pode imaginar como me senti estranha ao ouvir meus próprios sintomas descritos com tanta exatidão naqueles sentidos pela pobre menina que, se não fosse pela catástrofe que se seguira, seria naquele mesmo momento uma hóspede do castelo do meu pai. Você pode supor também como me senti ao ouvi-lo detalhar os hábitos e peculiaridades misteriosos que eram, na verdade, os da nossa linda hóspede, Carmilla!

Uma vista se abriu na floresta. De repente, estávamos sob as chaminés e empenas da vila em ruínas; e as torres e ameias do castelo arrasado, em volta do qual árvores gigantes estavam agrupadas, projetavam-se sobre nós de uma pequena elevação.

Em um devaneio aterrorizado, desci da carruagem em silêncio, pois cada um de nós tinha assunto de sobra para pensar. Logo subimos a elevação e estávamos em meio às câmaras espaçosas, escadas serpenteantes e corredores escuros do castelo.

— E esta já foi a residência suntuosa dos Karnstein! — disse o velho general depois de um tempo, enquanto, de uma grande janela, ele olhava pela vila e via a expansão ampla e ondulante de floresta. — Era uma família ruim, e aqui seus anais ensanguentados foram escritos — ele continuou. — É duro que eles, depois da morte, continuem a infestar a raça humana com suas lascívias cruéis. Aquela é a capela dos Karnstein, ali embaixo.

Ele apontou para as paredes acinzentadas da construção gótica parcialmente visível em meio à folhagem, um pouco mais para baixo no declive.

— E estou ouvindo o machado de um lenhador — acrescentou — ocupado entre as árvores que a cercam. Ele pode nos dar a informação que estou buscando e apontar o túmulo de Mircalla, condessa de Karnstein. Esses camponeses preservam as tradições locais das grandes famílias, cujas histórias morrem entre os ricos e nobres assim que as próprias famílias se extinguem.

— Temos um retrato em casa de Mircalla, a condessa de Karnstein, caso você queira ver — disse meu pai.

— Teremos tempo, meu querido amigo — respondeu o general. — Acredito que eu vi a original. E um motivo que me trouxe até você, mais cedo do que eu pretendia, foi explorar a capela da qual estamos nos aproximando agora.

— O quê? Ver a condessa Mircalla? — exclamou meu pai. — Ora, ela está morta há mais de um século!

— Não tão morta quanto você acha, pelo que eu soube — respondeu o general.

— Eu confesso, general, que você me deixou totalmente confuso — falou meu pai, olhando para ele, eu achei por um momento, com um retorno da desconfiança que eu detectara antes.

Porém, embora houvesse raiva e abominação às vezes, no comportamento do velho general não havia nada de instável.

— Resta para mim — ele declarou, conforme passávamos sob o arco pesado da igreja gótica (pois sua dimensão teria justificado ser chamada de igreja) – apenas um objetivo que pode me interessar durante os anos que ainda tenho na Terra, que é descarregar sobre ela a vingança que, agradeço a Deus, ainda pode ser realizada por um braço mortal.

– De que vingança você pode estar falando? – perguntou meu pai, cada vez mais surpreso.

– Quero dizer, decapitar o monstro – ele respondeu, com um rubor intenso e uma batida do pé que ecoou tristemente pelas ruínas ocas, e seu punho cerrado foi ao mesmo momento erguido, como se agarrasse o cabo de um machado enquanto o balançava ferozmente no ar.

– O quê? – exclamou meu pai, mais desnorteado do que nunca.

– Arrancar a cabeça dela.

– Cortar a cabeça dela?

– Sim, com uma machadinha, uma pá ou com qualquer coisa que possa atravessar a sua garganta assassina. Você verá – ele falou, tremendo de ira.

E, correndo adiante, ele disse:

– Aquela viga vai servir de assento. Sua querida filha está cansada. Deixe-a se sentar e eu vou, em algumas frases, fechar minha terrível história.

O bloco quadrado de madeira, que estava caído no chão coberto pela grama da capela, formava um banco no qual fiquei muito feliz de me sentar, e, nesse meio-tempo, o general chamou o lenhador que estivera retirando alguns galhos que se inclinavam contra as velhas paredes. E, com o machado na mão, o forte e velho homem parou diante de nós.

Ele não sabia nos dizer muito sobre aquelas tumbas; mas havia um ancião, ele disse, um guarda daquela floresta, no momento hospedado na casa do padre, a cerca de três quilômetros de distância, que poderia apontar todas as tumbas da antiga família Karnstein. E, por um pouquinho de dinheiro, ele se dispôs a trazer o homem, se emprestássemos um dos nossos cavalos, em pouco mais de meia hora.

— Você trabalha há muito tempo nesta floresta? — meu pai perguntou ao velho homem.

— Tenho sido lenhador aqui — ele respondeu, no seu dialeto — sob as ordens do guarda florestal toda a minha vida. E também meu pai antes de mim, e assim por diante, por todas as gerações passadas que eu consiga contar. Eu poderia mostrar para você a casa exata desta vila aqui onde meus antepassados moravam.

— Como a vila ficou deserta? — perguntou o general.

— Ela foi tomada por espíritos dos mortos, senhor. Vários foram rastreados até seus túmulos, ali detectados pelos testes usuais e exterminados do jeito usual, por decapitação, com uma estaca e com fogo. Mas não antes de muitos dos moradores terem sido mortos.

"Porém, depois de todos esses procedimentos de acordo com a lei", ele continuou, "tantos túmulos abertos e tantos vampiros privados da sua horrível vida, a vila não teve alívio. Mas um nobre da Morávia, que por acaso estava viajando pela área, soube o que estava acontecendo e, como era habilidoso (assim como muitas pessoas da sua região) nesses assuntos, se ofereceu para libertar a vila da sua tormenta. Ele fez isso. Em uma noite de lua iluminada, subiu, logo depois do pôr do sol, para as torres da capela ali, de onde podia mirar claramente o cemitério abaixo. Dá para ver daquela janela. Daquele ponto, ele observou até ver o vampiro sair do túmulo, colocar de lado a mortalha de linho em que fora enrolado e, depois, deslizar em direção à vila para perturbar os habitantes.

"O desconhecido, ao ver isso, desceu do campanário, pegou a mortalha de linho do vampiro e a levou para o topo da torre, para onde ele voltou. Quando o vampiro retornou da sua ronda e não achou a mortalha, gritou furioso para o morávio, que ele viu no ponto mais alto da torre e que, em resposta, fez um gesto para o vampiro subir e pegar o pano. Com isso, o vampiro, aceitando o convite, começou a subir e, logo que ele chegou ao parapeito, o morávio, com um golpe de espada, partiu o crânio dele em dois, arremessando-o para o cemitério, onde, descendo pela escada serpenteante, o desconhecido o seguiu, e cortou sua cabeça, e no dia seguinte a entregou com o corpo para os moradores da vila, que o empalaram e queimaram como se deve.

"Esse nobre da Morávia teve a autorização do então chefe da família para remover a tumba de Mircalla, condessa de Karnstein, o que ele fez com tanta eficiência que, em pouco tempo, seu local foi esquecido."

– Você pode mostrar onde ficava? – perguntou o general, ansioso.

O homem fez que não e sorriu.

– Nenhuma alma viva conseguiria lhe contar isso agora – ele falou. – Além disso, dizem que o corpo dela foi retirado, mas ninguém tem certeza disso também.

Depois de dizer isso, como a hora avançava, ele deixou cair a machadinha e partiu, deixando-nos para ouvir o restante da estranha história do general.

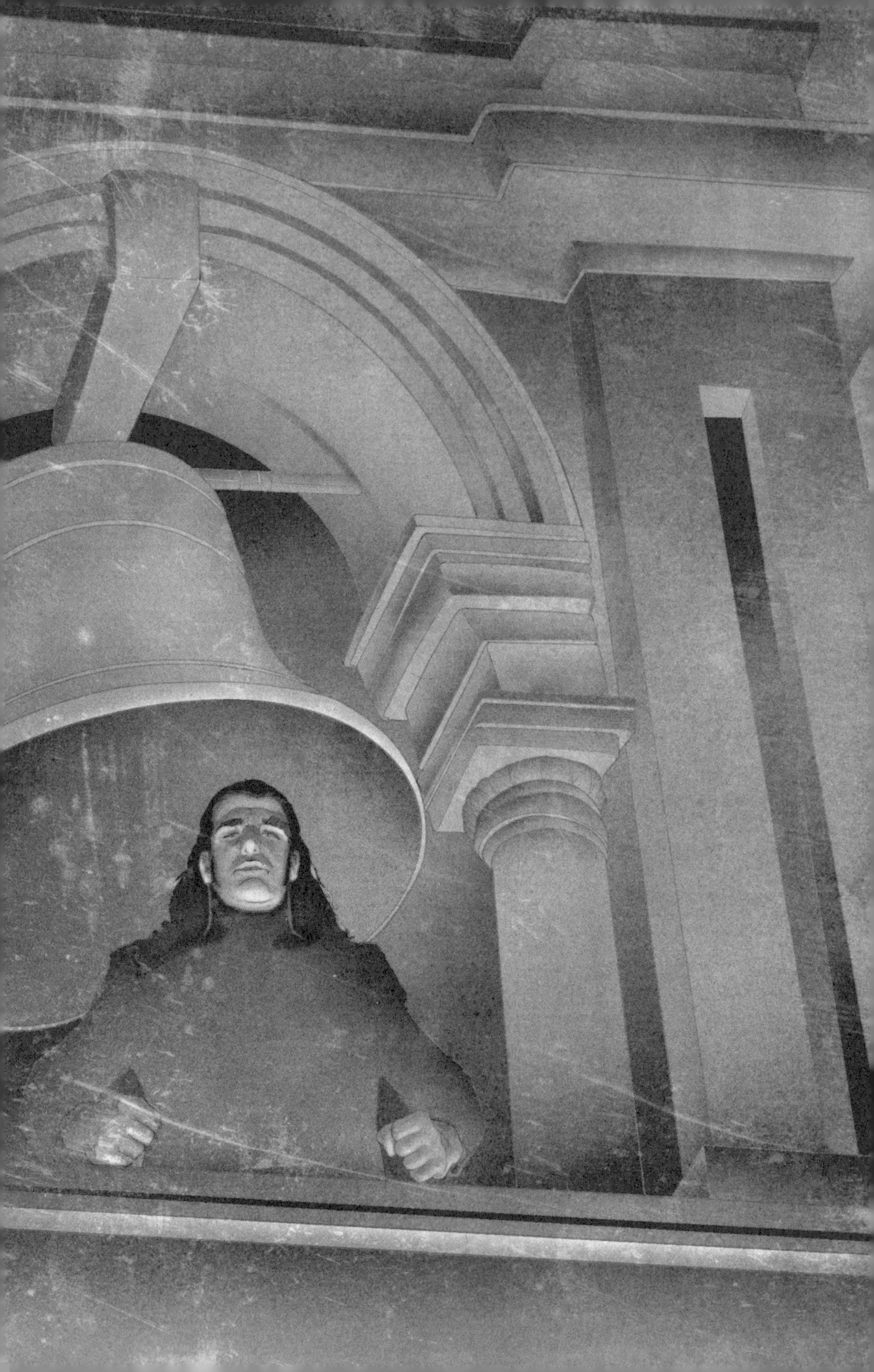

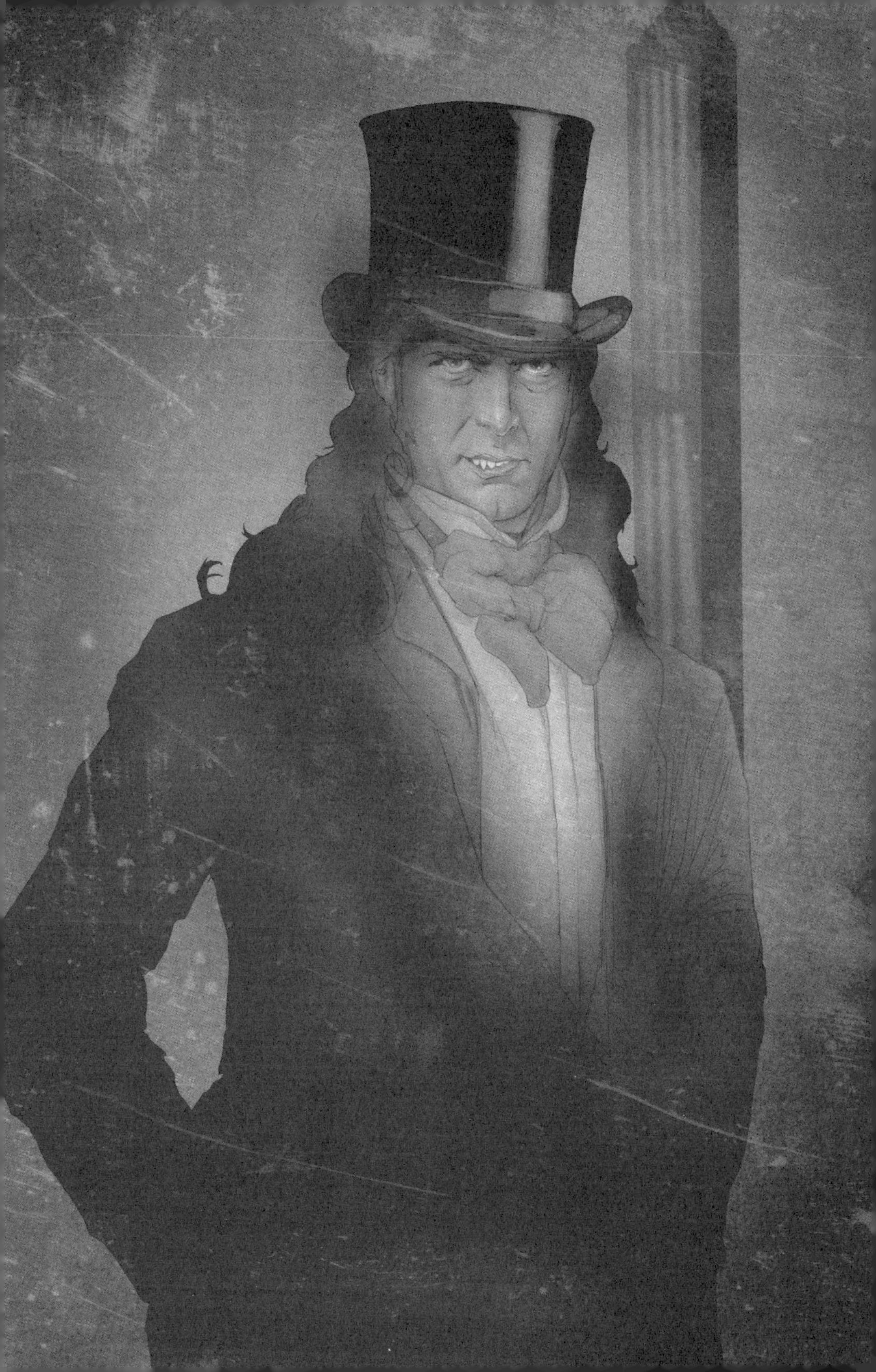

XIV
O encontro

— Minha querida menina — ele retomou — estava piorando rapidamente. O médico que a atendia não conseguiu chegar à menor ideia sobre sua doença, pois eu supunha ser uma doença naquele momento. Ele viu minha preocupação e sugeriu uma consulta. Chamei um médico mais habilidoso, de Gratz.

"Muitos dias se passaram antes de ele chegar. Ele era um homem bom e piedoso, além de muito estudado. Depois de verem juntos a minha pobre protegida, os dois médicos se retiraram para a minha biblioteca a fim de deliberar e discutir. Eu, do aposento ao lado, onde aguardava seu chamado, ouvi as vozes daqueles dois cavalheiros se elevarem em um tom mais agudo do que o de uma conversa estritamente profissional. Bati à porta e entrei. Encontrei o velho doutor de Gratz insistindo em sua teoria. Seu rival a combatia com uma clara zombaria, acompanhada de ataques de riso. Esse comportamento inadequado desapareceu e a briga acabou quando entrei.

"'Senhor', disse o primeiro médico, 'meu experiente amigo parece achar que você precisa de um curandeiro, não um médico.'

"'Perdoe-me', disse o velho doutor de Gratz, parecendo contrariado, 'contarei minha própria visão sobre o caso, da minha própria maneira, em outro momento. Infelizmente, *monsieur* general, com minha habilidade e minha ciência, eu não posso ajudar. Antes de ir, me darei a honra de sugerir-lhe algo.'

"Ele pareceu pensativo, e se sentou a uma mesa, e começou a escrever.

"Profundamente decepcionado, eu fiz uma reverência e, ao me virar para sair, o outro médico apontou por cima do ombro para seu colega que estava escrevendo e, depois, encolhendo os ombros, tocou a testa em um gesto significativo.

"Aquela consulta, então, me deixou no mesmo lugar onde estava. Saí da casa sem pensar em outra coisa. O médico de Gratz, em dez ou quinze minutos, me alcançou. Pediu desculpa por ter me seguido, mas disse que não poderia partir de consciência tranquila sem mais algumas palavras. Ele me disse que não poderia estar enganado; nenhuma doença natural exibia os mesmos sintomas; e que a morte já estava muito próxima. Restava, no entanto, um dia, ou possivelmente dois, de vida. Se a convulsão fatal fosse imediatamente impedida, com grande cuidado e habilidade, a força da minha sobrinha talvez voltasse. Mas tudo dependia então dos limites do inevitável. Mais um ataque poderia extinguir o último lampejo de vitalidade que estava, naquele exato momento, pronto para morrer.

"'E qual é a natureza da convulsão da qual você fala?', eu supliquei.

"'Declarei tudo por completo neste bilhete, que coloco em suas mãos com a condição explícita de que você mande buscar o clérigo mais próximo, e abra minha carta na presença dele, e por nenhum motivo leia até ele estar com você. Do contrário, você a desprezaria, e é uma questão de vida ou morte. Se o padre não responder ao chamado, então você poderá lê-la.'

"Ele me perguntou, antes de partir enfim, se eu gostaria de ver um homem curiosamente entendido naquele exato assunto, que, depois de eu ter lido a carta, provavelmente me interessaria mais do que qualquer outro, e me instigou com determinação a convidá-lo para uma visita. E assim ele partiu.

"O padre não estava, e eu li a carta sozinho. Em outro momento, ou em outra situação, ela poderia ter provocado minha zombaria. Porém, a quais charlatanismos as pessoas não correm em busca de uma última chance, quando todos os meios costumeiros falham e a vida de alguém querido está em jogo?

"Nada, você diria, poderia ser mais absurdo do que a carta do estudioso homem.

"Era monstruosa o bastante para tê-lo despachado para um hospício. Ele disse que a paciente estava sofrendo com as visitas de um vampiro! As perfurações que ela descrevia terem acontecido perto da garganta eram, ele insistia, a inserção daqueles dois dentes longos, finos e afiados que, como é de conhecimento geral, são característicos dos vampiros. E não havia dúvida, ele acrescentou, quanto à presença bem definida da pequena marca pálida que todos concordam em descrever como aquelas causadas pelos lábios do demônio, e todos os sintomas descritos pela enferma estavam em total conformidade com aqueles registrados em todos os casos de visitas similares.

"Como eu era completamente cético quanto à existência de tais agouros, como vampiros, a teoria sobrenatural do bom doutor oferecia, na minha opinião, nada além de outro caso de conhecimento e inteligência estranhamente acompanhado por alguma alucinação. Minha desgraça era tanta, no entanto, que, em vez de não tentar nada, eu agi de acordo com as instruções da carta.

"Eu me escondi no quarto de vestir escuro que se abria para o quarto da pobre paciente, onde uma vela queimava, e observei até ela estar totalmente adormecida. Fiquei parado à porta, espiando através da pequena abertura; minha espada apoiada na mesa ao meu lado, como as instruções diziam, até que, um pouco depois da uma, vi uma grande forma preta, pouquíssimo definida, rastejar, pelo que me pareceu, até o pé da cama e rapidamente pular para a garganta da pobre garota, onde inchou, em um instante, virando uma massa grande e palpitante.

"Por alguns momentos, eu tinha ficado petrificado. Então pulei para a frente, com a espada na mão. A criatura de repente se contraiu em direção ao pé da cama, deslizou por cima dele e, parada de pé no chão, a cerca de um metro do leito, com um olhar de ferocidade e horror fixo em mim, eu vi Millarca. Pensando não sei no que, eu a atingi imediatamente com a espada. Mas a vi parada perto da porta, ilesa. Horrorizado, eu a segui e golpeei de novo. Ela sumiu, e minha espada se estilhaçou contra a porta.

"Não consigo descrever para vocês tudo o que aconteceu naquela noite horrível. A casa toda estava acordada e agitada. A aparição que era Millarca tinha desaparecido. Mas sua vítima estava definhando depressa e, antes de a manhã nascer, ela morreu."

O velho general estava agitado. Nós não falamos com ele. Meu pai se afastou um pouco e começou a ler as gravações nas lápides; e, ocupado com isso, ele entrou pela porta de uma capela lateral para prosseguir com sua busca. O general se apoiou contra a parede, secou os olhos e deu um suspiro profundo. Fiquei aliviada ao ouvir as vozes de Carmilla e madame, que estavam se aproximando naquele momento. As vozes sumiram na distância.

Naquela solidão, tendo acabado de ouvir uma história tão estranha, conectada, como ela estava, com os importantes e nobres mortos cujas tumbas estavam apodrecendo em meio ao pó e à hera ao nosso redor e cujos incidentes, todos eles, se pareciam tanto com o meu próprio caso misterioso – naquele local assombrado, escurecido pela folhagem alta que se erguia de todos os lados, densa e muito acima das silenciosas paredes –, um horror começou a me dominar, e meu coração afundou quando pensei que minhas amigas não estavam, no final das contas, prestes a entrar e modificar aquela cena triste e agourenta.

Os olhos do velho general estavam fixos no chão, e ele estava apoiado com a mão na base de uma tumba destroçada.

Sob uma passagem estreita e arqueada, encimada por uma daquelas figuras grotescas e demoníacas nas quais o estilo perverso e desagradável das antigas esculturas góticas se delicia, vi com muita alegria o rosto e a figura bonita de Carmilla entrar na capela sombreada.

Eu estava a ponto de me levantar e falar; assenti sorrindo em resposta ao sorriso envolvente característico dela, quando, com um grito, o velho homem ao meu lado pegou a machadinha do lenhador e avançou. Ao vê-lo, uma mudança brutal apareceu no rosto de Carmilla. Foi uma transformação instantânea e horrível enquanto ela dava um passo para trás, curvando o corpo. Antes de eu poder soltar um grito, ele a golpeou com toda força, mas ela se jogou, fugindo do ataque, e, ilesa, prendeu-o pelo punho com sua pequenina mão. Ele lutou por um momento para se soltar, mas sua mão se abriu, a machadinha caiu no chão e a menina desapareceu.

O general cambaleou contra a parede. Seus cabelos grisalhos se arrepiaram e o suor brilhou em seu rosto, como se ele estivesse a ponto de morrer.

A cena assustadora tinha acontecido em um instante. A primeira coisa de que me lembro em seguida foi a madame parada em frente a mim e repetindo com impaciência a pergunta:

– Onde está a Mademoiselle Carmilla?

Eu respondi depois de um tempo:

– Não sei... Não sei dizer... Ela foi por ali. – E eu apontei para a porta por onde a madame acabara de entrar, havia apenas um ou dois minutos.

– Mas eu estive parada ali, na passagem, desde que a Mademoiselle Carmilla entrou. E ela não voltou.

Ela então começou a gritar "Carmilla" a cada porta, e passagem, e pelas janelas, mas nenhuma resposta veio.

– Ela se chamava Carmilla? – perguntou o general, ainda agitado.

– Carmilla, sim – eu respondi.

– Sim – ele disse –, aquela é Millarca. É a mesma pessoa que muito tempo atrás se chamava Mircalla, condessa de Karnstein. Saia destes campos amaldiçoados minha pobre menina, o mais rápido que puder. Vá com a carruagem até a casa do padre e fique lá até chegarmos. Vá! Que você nunca mais veja Carmilla. Não vai encontrá-la aqui.

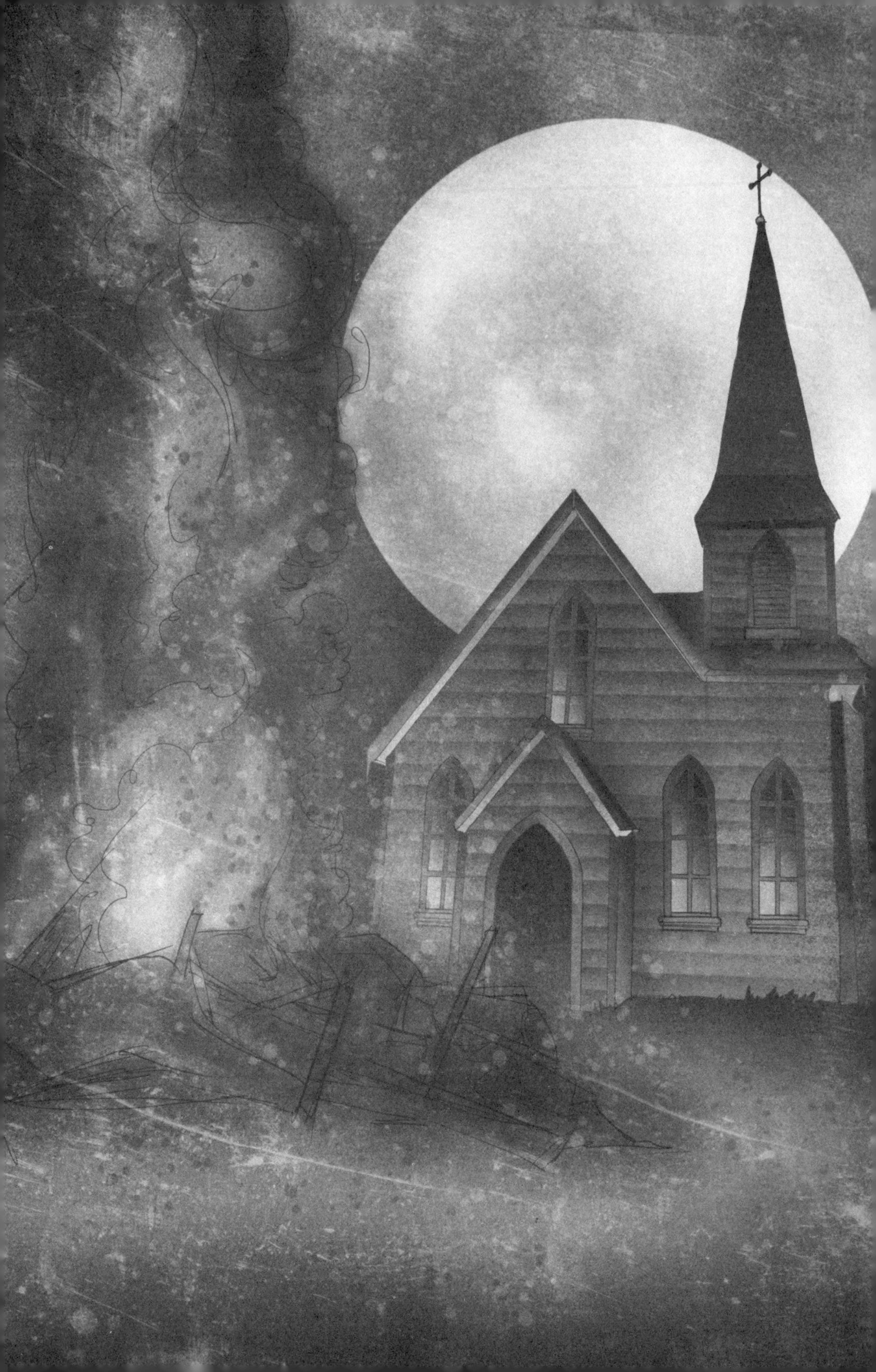

XV
Julgamento e execução

Enquanto ele falava, um dos homens mais estranhos que já vi entrou na capela pela porta através da qual Carmilla fizera sua entrada e sua saída. Ele era alto, de peito estreito, corcunda, com ombros altos e vestes pretas. Seu rosto era marrom e seco, com sulcos profundos; ele usava um chapéu de formato estranho com uma grande folha. Seus cabelos, longos e grisalhos, caíam pelos ombros. Ele usava um par de óculos dourados e andava devagar, com passos estranhos e bamboleantes, e o rosto, às vezes virado para o céu, às vezes baixado em direção ao solo, parecia ter um sorriso constante; seu braços longos e finos estavam balançando e suas mãos magras, em luvas pretas velhas muito largas para elas, estavam acenando e gesticulando em completa abstração.

– O homem certo! – exclamou o general, avançando com explícita alegria. – Meu caro barão, como estou feliz em vê-lo. Não tinha esperança de encontrá-lo tão cedo.

Ele fez um sinal para meu pai, que já tinha voltado àquela altura, e levou o fantástico e velho cavalheiro, que chamara de barão, para conhecê-lo. Apresentou-o com formalidade, e eles logo começaram uma conversa acalorada. O desconhecido pegou um rolo de papel do bolso e o abriu na superfície gasta de uma tumba próxima. Ele tinha lápis imaginários nas pontas dos dedos, com os quais traçou linhas imaginárias de ponto a ponto no papel, o qual, por conta de os três com frequência olharem juntos dele para certos pontos da construção, eu concluí ser uma planta da capela. Ele acompanhou o que eu posso chamar de sua palestra com leituras ocasionais de um livrinho sujo, cujas páginas amarelas estavam cobertas de uma escrita apertada.

Os três caminharam juntos pela nave lateral, do lado oposto ao lugar onde eu estava parada, conversando enquanto andavam; eles então começaram a medir distâncias com passos e, por fim, pararam todos juntos, encarando uma parte da parede lateral, que começaram a examinar com enorme cuidado, empurrando a hera que se agarrava a ela e batendo no reboco com a ponta das bengalas, arranhando aqui e batucando ali. Depois de um tempo, eles confirmaram a existência de uma grande placa de mármore, com letras gravadas em relevo.

Com a ajuda do lenhador, que logo voltou, uma gravação grandiosa e um brasão entalhado foram revelados. Eles se mostraram como sendo da tumba há muito perdida de Mircalla, Condessa de Karnstein.

O velho general, embora não fosse, eu temo, dado a orações, ergueu as mãos e os olhos para o céu em gratidão muda por alguns instantes.

– Amanhã – eu o ouvi dizer –, o delegado estará aqui, e a Inquisição será realizada de acordo com a lei.

Depois, virando-se para o velho com óculos dourados que eu descrevi, cumprimentou-o calorosamente, pegando suas duas mãos, e disse:

– Barão, como posso agradecer? Como todos nós podemos agradecer? Você livrou esta região de uma praga que açoita seus habitantes há mais de um século. O terrível inimigo, graças a Deus, foi enfim encontrado.

Meu pai puxou o desconhecido de lado, e o general os seguiu. Eu sabia que ele os tinha levado para fora do alcance da minha audição a fim de poder relatar o meu caso, e eu os vi olharem rapidamente para mim várias vezes, conforme a discussão prosseguia.

Meu pai veio até mim, beijou-me de novo e de novo e, levando-me para fora da capela, disse:

– Está na hora de voltarmos, mas, antes de irmos para casa, temos que acrescentar ao nosso grupo o bom padre, que mora perto daqui, e persuadi-lo a nos acompanhar até o castelo.

Nesse objetivo, tivemos sucesso; eu fiquei feliz, pois estava indescritivelmente cansada quando chegamos à nossa casa. Mas minha satisfação virou desalento quando descobri que não havia notícias de Carmilla. Sobre a cena que acontecera na capela em ruínas, nenhuma explicação me foi oferecida, e estava claro que aquilo era um segredo que meu pai, por ora, estava determinado a esconder de mim.

A sinistra ausência de Carmilla fez a lembrança da cena ser mais horrível para mim. A preparação para a noite foi inusitada. Duas empregadas e a madame deviam ficar acordadas no meu quarto; e o padre e meu pai ficariam de guarda no quarto de vestir ao lado.

O padre havia realizado alguns ritos solenes naquela noite, cuja finalidade eu não entendia melhor do que compreendia o motivo daquela precaução extraordinária tomada para me proteger durante o sono.

Vi tudo com clareza alguns dias depois.

O desaparecimento de Carmilla foi seguido pela interrupção dos meus sofrimentos noturnos.

Você já ouviu falar, sem dúvida, da pavorosa superstição que vigora do noroeste ao nordeste da Estíria, na Morávia, na Sérvia Otomana, na Polônia e até na Rússia; a superstição, pois assim devemos chamá-la, do vampiro.

Se o testemunho humano – ouvido com cuidado e solenidade, judicialmente, diante de incontáveis comissões, cada uma composta por vários membros, todos escolhidos pela integridade e inteligência, e formando relatos mais volumosos do que talvez exista sobre qualquer outra classe de casos — vale alguma coisa, é difícil negar ou até duvidar da existência de um fenômeno como o vampiro.

De minha parte, não ouvi nenhuma teoria com a qual explicar o que eu mesma testemunhei e vivi além daquela oferecida pela antiga e bem estabelecida crença da região.

No dia seguinte, o procedimento formal aconteceu na Capela dos Karnstein.

O túmulo da Condessa Mircalla foi aberto, e o general e meu pai reconheceram, cada um, sua pérfida e bela hóspede no rosto então revelado. A face, embora 150 anos tivessem se passado desde seu funeral, estava corada com o calor da vida. Seus olhos estavam abertos; nenhum cheiro de cadáver exalava do caixão. Os dois médicos, um oficialmente presente e outro da parte do promotor da investigação, confirmaram o fato fantástico de que havia uma fraca, mas perceptível respiração e uma ação correspondente do coração. Os membros estavam perfeitamente flexíveis, a pele, elástica; e o caixão de chumbo estava cheio de sangue, no qual, a uma profundidade de dezoito centímetros, o corpo estava imerso.

Ali, portanto, estavam todos os sinais e provas admitidos de vampirismo. O corpo, então, de acordo com a antiga prática, foi erguido, e uma estaca afiada enfiada pelo coração do vampiro, que soltou um grito cortante, em todos os aspectos igual ao que poderia sair de uma pessoa viva durante sua última agonia. Depois, a cabeça foi arrancada e uma torrente de sangue saiu do pescoço cortado. O corpo e a cabeça foram em seguida colocados sobre uma pilha de madeira e reduzidos a cinzas, as quais foram jogadas no rio e levadas embora, e aquele território, desde então, não foi perturbado pelas visitas de um vampiro.

Meu pai tem uma cópia do relatório da Comissão Imperial, com as assinaturas de todos que estavam presentes durante esses procedimentos, anexadas como confirmação da declaração. Foi a partir desse documento oficial que eu resumi meu relato dessa última e chocante cena.

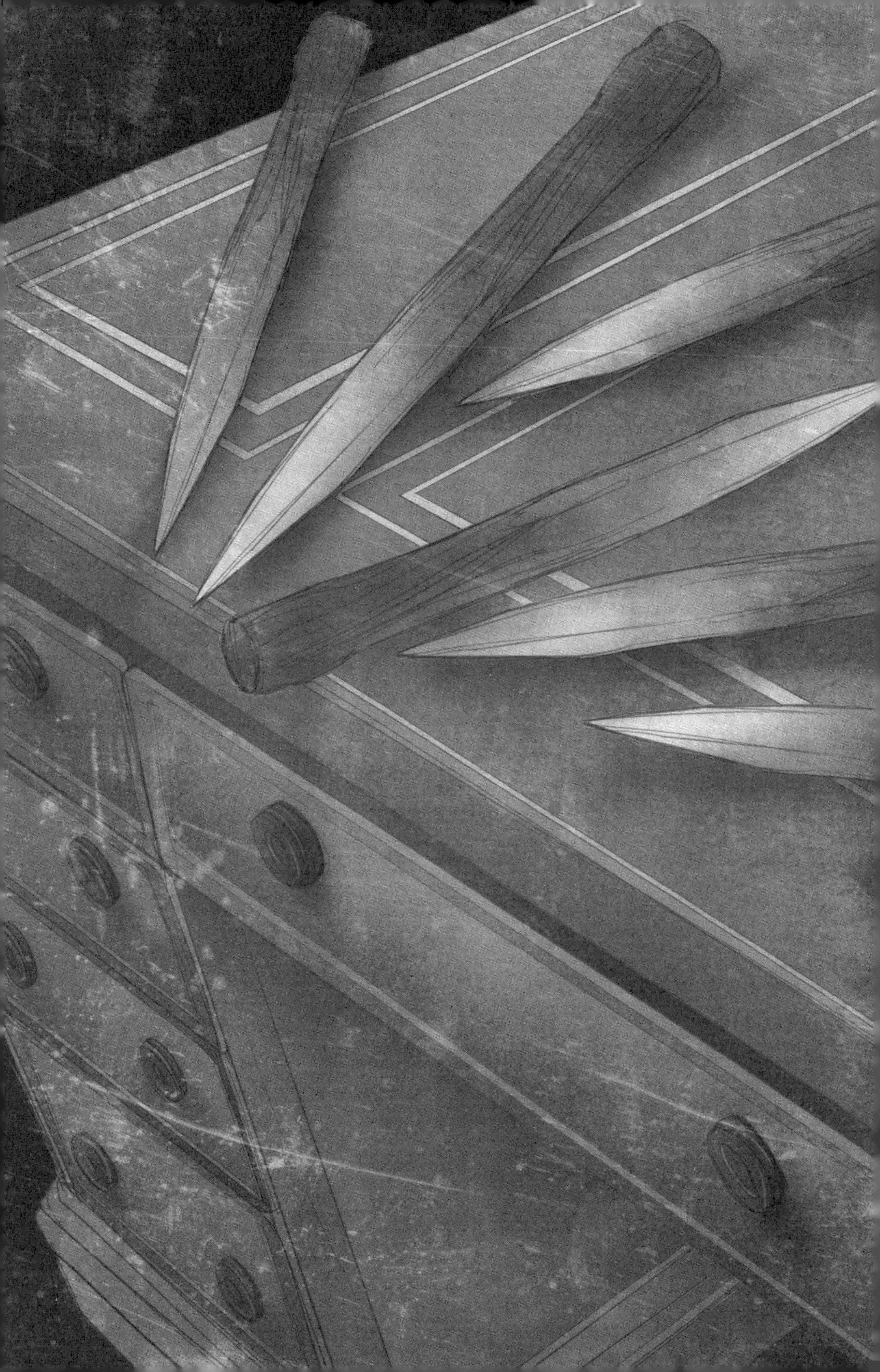

XVI
Conclusão

Eu escrevo tudo isto, você supõe, com compostura. Mas, longe disso, não posso pensar nessa história sem agitação. Nada além do seu desejo sincero, expresso tantas e tantas vezes, poderia ter me levado a me sentar para cumprir uma tarefa que esgotou meus nervos por muitos meses e recuperou uma sombra de horror indescritível que, anos após minha libertação, continuou a deixar meus dias e minhas noites terríveis e a solidão insuportavelmente aterrorizante.

Deixe-me acrescentar algumas palavras sobre aquele excêntrico barão Vordenburg, a cujo curioso conhecimento devemos a descoberta do túmulo da condessa Mircalla.

Ele tinha fixado residência em Gratz, onde, vivendo com uma renda insignificante, que era tudo o que restava das propriedades outrora suntuosas da sua família no noroeste da Estíria, ele se dedicava à investigação cuidadosa e trabalhosa da fantasticamente confirmada tradição do vampirismo. Ele tinha na ponta dos dedos todos os grandes e pequenos estudos sobre o assunto.

Magia Posthuma, *Phlegon de Mirabilibus*, *Augustinus de cura pro Mortuis*, *Philosophicae et Christianae Cogitationes de Vampiris*, de John Christofer Herenberg, e mil outros, entre os quais eu me lembro de apenas alguns daqueles que ele emprestou ao meu pai. Ele tinha uma compilação volumosa de todos os casos judiciais, de onde extraíra um sistema de princípios que parecia reger – alguns sempre, outros apenas às vezes – a condição do vampiro. Devo mencionar rapidamente que a palidez mortal atribuída a esse tipo de morto-vivo é mera ficção melodramática. Eles apresentam, no túmulo e quando se mostram na companhia de humanos, a aparência de uma vida saudável. Quando trazidos à luz em seus caixões, exibem todos os sintomas que foram enumerados como aqueles que provaram a vida vampiresca da há muito falecida condessa de Karnstein.

Como eles escapam dos túmulos e voltam a eles por certas horas todo dia, sem deslocar a terra ou deixar qualquer traço de alteração no estado do caixão ou da mortalha, sempre se admitiu ser totalmente inexplicável. A existência dupla do vampiro é sustentada pelo cochilo diariamente renovado no caixão. Seu horrível desejo por sangue de seres vivos oferece a energia da sua existência quando acordado. O vampiro tende a ficar fascinado com uma impetuosidade profunda, parecida com a paixão do amor, por algumas pessoas em especial. Na busca por essas pessoas, ele empregará paciência e artifícios incansáveis, pois o acesso a um objetivo específico pode ser obstruído de centenas de formas. Ele nunca desistirá até ter satisfeito seu desejo ardente e drenado a própria vida da vítima cobiçada. Mas vai, nesses casos, economizar e prolongar seu divertimento assassino com o refinamento de um epicurista e elevá-lo com a aproximação gradual de um flerte ardiloso. Nesses casos, ele parece ansiar por algo como compaixão e consentimento. Em casos comuns, ele vai direto ao seu objetivo, domina a pessoa com violência, e a sufoca, e a consome, frequentemente em um único banquete.

O vampiro é, aparentemente, sujeito em certas situações a condições especiais. No caso específico que eu relatei a você, Mircalla parecia estar limitada a um nome que, se não era seu nome real, devia pelo menos reproduzir, sem a omissão ou adição de uma única letra, aquelas que, como dizemos, o compõem como anagrama.

Carmilla era assim; Millarca também.

Meu pai contou ao barão Vordenburg, que ficou conosco por duas ou três semanas depois da expulsão de Carmilla, a história do nobre da Morávia e do vampiro do cemitério de Karnstein e, depois, perguntou ao barão como ele descobrira a localização exata da tumba havia muito escondida da condessa Mircalla. Os traços grotescos do barão se enrugaram em um sorriso misterioso; ele olhou para baixo, ainda sorrindo, para a caixa gasta dos seus óculos, e ficou mexendo nela. Depois, levantando o olhar, ele disse:

— Eu tenho muitos diários e outros documentos escritos por aquele homem impressionante. O mais curioso entre eles é um que trata da visita da qual você fala, a Karnstein. A história oral, é claro, descolore e distorce um pouco. Ele pode ter sido chamado de nobre da Morávia, pois mudou sua residência para esse território e era, além disso, nobre. Mas ele era, na verdade, nativo do noroeste da Estíria. É suficiente dizer que, quando muito jovem, ele fora um admirador apaixonado e um dos preferidos da linda Mircalla, condessa de Karnstein. A morte prematura dela o jogou em uma tristeza inconsolável.

"Faz parte da natureza dos vampiros que eles se multipliquem, mas de acordo com uma lei determinada e fantasmagórica. Imagine, para começar, um território totalmente livre dessa praga. Como ela começa e como ela se espalha? Vou lhe contar. Uma pessoa, mais ou menos cruel, dá fim à própria vida. Um suicida, sob certas circunstâncias, vira vampiro. Esse morto-vivo visita pessoas vivas durante o sono. Elas morrem e, quase invariavelmente, no túmulo, viram vampiras. Isso aconteceu no caso da bela Mircalla, que foi perseguida por um desses demônios. Meu ancestral, Vordenburg, cujo título eu ainda carrego, logo descobriu isso e, ao longo dos estudos aos quais se dedicou, aprendeu muito mais.

"Entre outras coisas, ele concluiu que a suspeita de vampirismo iria, cedo ou tarde, pairar sobre a condessa morta, que, durante a vida, fora seu ídolo. Ele imaginou o horror, fosse ela o que fosse, dos restos dela serem profanados pelo ultraje de uma execução póstuma. Ele deixou um documento curioso para provar que o vampiro, ao ser expulso de sua existência dupla, é jogado em uma vida muito mais horrível. E decidiu salvar sua antes amada Mircalla disso.

"Ele adotou a estratégia de uma viagem até aqui, uma remoção fingida dos restos dela e uma ocultação real da sua tumba. Quando a idade o tinha alcançado e, do vale dos anos, ele mirou as cenas que estava deixando para trás, refletiu com uma inclinação diferente sobre o que havia feito, e um horror se apossou dele. Ele fez os desenhos e anotações que me guiaram até o ponto exato e redigiu uma confissão do fingimento que tinha executado. Se ele havia pretendido tomar mais atitudes quanto ao assunto, a morte o impediu. E a mão de um descendente remoto conduziu, tarde demais para muitos, a procura pelo covil do monstro."

Nós caminhamos mais um pouco e, entre outras coisas que ele disse, esteve isto:

– Um dos sinais de vampirismo é a força da mão. A mão fina de Mircalla se fechou como um torno de aço em volta do punho do general quando ele ergueu a machadinha para o golpe. Mas seu poder não está limitado à força do aperto. Ela deixa uma dormência no membro que agarra, da qual ele se recupera lentamente, caso sequer se recupere.

Na primavera seguinte, meu pai me levou para uma viagem pela Itália. Ficamos longe por mais de um ano. Passou-se muito tempo até o terror dos eventos recentes desaparecer; e, até hoje, a imagem de Carmilla volta à memória com uma alternância ambígua: às vezes, a menina divertida, lânguida e bela; às vezes, o demônio distorcido que vi na igreja em ruínas. E, com frequência, acordo assustada, imaginando ter ouvido o passo leve de Carmilla à porta da sala de estar.

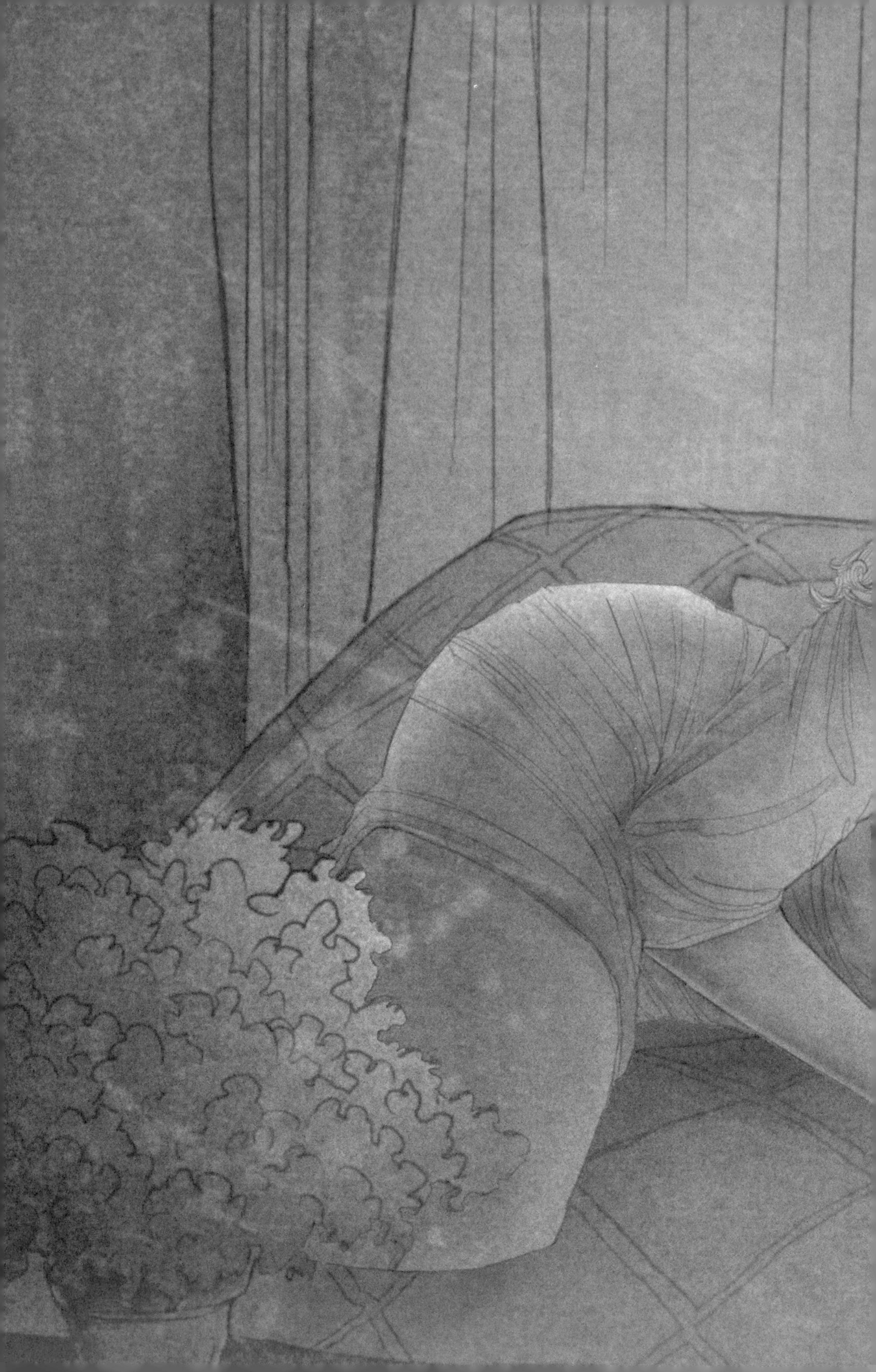

grupo novo século

Compartilhando propósitos e conectando pessoas
Visite nosso site e fique por dentro dos nossos lançamentos:
www.novoseculo.com.br

‹ns

- facebook/novoseculoeditora
- @novoseculoeditora
- @NovoSeculo
- novo século editora

gruponovoseculo.com.br

Edição: 1
Fonte: Bembo Std